말랑말랑
소울 스키마

말랑말랑 소울 스키마

Soul

박은몽 장편소설

|주|자음과모음

차
례

옥상에서 만난 여자애

1

끼……익!

강아경은 문득 눈을 떴다. 누군가 문을 열고 살금살금 들어오는 것 같았다. 무거운 철문이 묵직한 제 소리를 다 내지 못하고 끼……이익 하며 숨죽이듯 울었다.

— 누구지?

팔베개를 하고 누워 있던 강아경은 조용히 일어나 앉았다. 경비 아저씨나 청소하는 아줌마라도 올라오면 야단을 맞을지도 몰라서 조금 긴장했는데, 적어도 그런 일은 없을 것 같다. 철문 앞에는 Y 중학교 교복을 입은 한 여학생이 서 있을 뿐이었다.

강아경은 그 여자애가 좀 만만해 보인다고 생각했다. 키는 작고 어깨는 축 처져 있는 데다 어딘지 바보스러워 보이기까지 했으니 말이다. 그렇다고 진짜 바보는 아닌 것 같았지만 한여름 날씨에 긴팔 셔츠의 소매를 늘어뜨리고 셔츠 자락을 치마 밖으로 내어놓은 모습은 을씨년스럽기까지 했다.

그녀는 잠시 멍하니 서 있다가 너덜너덜해진 삼선슬리퍼를 질질 끌며 걸어갔다. 옥상 한가운데로! 그러고는 늦여름의 마지막 열기를 다 쏟아낼 듯이 이글거리는 뜨거운 태양 아래 우뚝 섰다. 하늘을 올려보다가 눈이 부신지 이내 고개를 숙였다. 눈살을 찌푸린 채 서 있더니 다시 고개를 살짝 들고 먼발치로 아파트 풍경을 내려다보았다. 그리고 좀 더 자세히 보겠다고 마음먹은 듯 갑자기, 그러나 천천히 옥상 끝에 있는 난간 쪽으로 걸어갔다. 흙이 잔뜩 묻은 그 삼선슬리퍼를 질질 끌면서…….

난간 앞에 서니 그 여자애의 키가 더 작아 보였다. 허리를 굽혀 난간 위에 엎드리자 그녀의 배가 아니라 가슴팍이 난간에 닿을 정도였다. 그렇게 엉거주춤 가슴팍으로 난간에 엎드려 아파트 단지 풍경을 하염없이 바라보는 그녀의 표정은 좀 넋이 나간 것도 같았다. 바람이 불어와 앞머리가 살짝 날리자, 이내 눈살을 찌푸리며 어깨를 움츠리기도 했다. 뙤약볕에서 긴팔 소매의 셔츠를 입고 서 있는데도 왠지 모르게 그녀는 추워 보였다.

— 뭘 보고 있는 있지? 왜 저러는 거야?

강아경은 여자애의 행동이 잘 이해가 되지 않았다. 조금 흥미롭기도 했다. 인기척을 내볼까, 싶다가도 선뜻 고요함을 깰 용기가 생기지 않았다. 왠지 조용히 있어주어야만 할 것 같았다. 아무 표정이 없는, 도대체 무슨 생각을 하고 있는지 읽히지 않는 멍한 표정을 하고 있는 그녀를 그는 한참 쳐다보았다. 그런데 이상하게도 그녀의 시선은 아파트 아래 풍경으로 가 있는 것도 아니었다. 오히려 하늘 저 어딘가의 허공을 향해 있는 것도 같았다.

간간이 부는 바람 외에는 움직이는 것이 하나도 없었다. 시간이 지날수록 몰래 지켜보고 있던 그는 조금 긴장이 되었다. 처음엔 굳이 몰래 지켜볼 생각은 아니었지만, 인기척을 내지 못한 채 몰래 지켜보게 되어버린 상황이 머쓱하기도 했고, 그녀의 침울한 분위기가 그를 조금 긴장하게 만들기도 했다.

— 차라리 조용히 내려가 버릴까?

그런 생각도 스쳤지만 왠지 그래서는 안 될 것 같았다. 아니, 온몸이 굳어버린 것처럼 숨소리도 내지 못한 채 그녀가 하는 행동을 뚫어져라 보고 있었다. 한참 동안 벽처럼 굳어 있던 그녀가 이윽고 조금 움찔거리기 시작했다. 그녀는 난간에 몸을 기울이고 아래를 내려다보다가 다시 허리를 펴고 허공을 바라보다가를 반복하더니 삼선슬리퍼를 질질 끌며 난간 주변을 왔다 갔다 하는 것이었다. 그러더니 갑자기 다시 철문 쪽으로 달려가 문을 열고 가버렸다.

— 뭐야? 내려간 거야?

닫혀버린 철문을 바라보며 강아경은 조금 싱겁다는 듯이 중얼거렸다. 대단히 심각하고도 함부로 끼어들 수 없는 어떤 종교의식을 몰래 훔쳐보는 듯한 기분이었는데 그 의식을 보여주던 그녀가 뜬금없이 사라져버리다니.

그는 다시 팔베개를 하고 누웠는데 얼마 지나지 않아 또 철문 열리는 소리가 들렸다. 돌아보니, 그녀는 처음과는 달리 철문을 박차고 들어오는 중이었다. 철문은 좀 전보다 훨씬 묵직한 소리를 내며 순식간에 열렸다 닫혔다.

끼익! 쿵!

철문 앞에 다시 나타난 그녀는 곧바로 난간 쪽으로 갔다. 그는 조용히 그녀의 하는 양을 지켜보았다. 아까의 멍한 눈빛은 분명 아니었다. 난간 앞에 떡하니 선 그녀는 '야호'라도 부를 것처럼 씩씩해 보였다.

— 갑자기 왜 저래?

그러나 잠시 후 그녀의 눈은 힘이 풀리고 꼿꼿하게 힘이 들어가 있던 어깨도 다시 축 늘어졌다. 급기야 그녀는 난간 앞에 선 채 흐느껴 울기 시작했다.

— 이상한 애 아니야?

강아경은 아무 일도 아니라는 듯이 털털하게 중얼거리긴 했지만 자기도 모르게 꼴깍, 하고 침 넘어가는 소리가 자기 귀에도 들릴 정도로 긴장되었다. 잠시 후 그녀의 울음소리가 잦아들었다. 그러는 사이, 뜨겁던 한낮의 태양도 조금씩 힘이 빠지는 듯했다. 울음을 그친 그녀는 다시 멍해졌다가 갑자기 난간 위에 두 손을 올려놓았다. 그리고 두 주먹을 꼭 쥐었다. 그녀의 손은 강아경의 한 손으로 다 감쌀 수 있을 정도로 작았다.

그가 보다 못해 끼어든 것은 그녀가 삼선슬리퍼를 벗어서 한쪽에 가지런히 놓고 다시 난간 위에 두 주먹을 올려놓고 섰을 때였다. 그는 무언가 그녀의 다음 행동을 저지해야만 할 것 같은 예감에, 자신도 모르는 사이 다급한 심정이 되어 소리쳤다.

"너 뭐 하냐?"

강아경은 그녀가 서 있는 난간 쪽으로 성큼성큼 다가갔다. 예기치 못한 소리에 그녀가 눈을 동그랗게 뜨고 그를 쳐다보았다. 아무도 없을 것이라고 생각했는데 갑자기 웬 장정같이 커다란 남자애가 나타나자 그녀는 놀란 듯했다. 놀라도 너무 놀란 표정이었다. 온몸이 사시나무 떨듯 떠는 게 경련이라도 일으키는 것 같았다.

"너, 뭐 하고 있냐고!"

"저…… 저 말이에요?"

"그래. 너! 여기서 뭐 하냐고?"

긴장이 되는 것은 강아경도 마찬가지였다. 툴툴거리며 말하는 그의 등에서는 굵은 땀방울 하나가 주르륵 흘렀다. 긴장이 되어서 그런지 더 더웠다. 더워도 너무 더웠다. 간간이 부는 바람 따위로는 이글거리는 무더위를 조금이라도 씻어줄 수 없을 것 같았다. 짧은 순간 동안 무수히 많은 생각이 그의 머릿속을 스치듯이 지나갔다.

— 뭐라고 하지? 뭐라고 하나? 남의 일에 괜히 끼어든 건가? 내가 왜 이러지? 아 씨…… 처음에 그냥 내려가 버릴걸.

어색한 대면이었지만 모른 척하고 내려갈 수는 없었다. 그곳에는 아무도 없었고, 오직 그만이 그녀를 보고 있었으니까. 그만이 희한한 종교의식에 빠져드는 그녀를 구할 수 있을 것 같았으니까.

온몸을 움츠린 그녀를 쳐다보며 강아경이 말했다.

"나, 여기서 낮잠 자고 있었는데 너 때문에 다 깨버렸잖아. 왜 나를 귀찮게 만드냐?"

"죄, 죄송해요. 나는…… 아, 아무도 없는 줄 알고…….."

"너 교복 보니 Y중학교네? 몇 학년이냐?"

"2학년이요."

"난 H중인데. 나도 2학년인데 왜 존댓말 하냐? 기분 나쁘게."

그가 기분이 나쁘다고 하니 그녀는 더 놀란 듯 대답했다.

"기분 나쁘게 해서 죄…… 죄송해요……. 나는 그냥…… 죄……

송해요."

"뭐라고? 좀 크게 말해라. 안 들리잖아."

"죄……송해요……. 목소리가 잘 나오지 않아……서요."

"너는 죄송하다는 말밖에 할 줄 모르냐?"

"아니…… 그게 아니고요."

"뭐 하고 있었냐고?"

"……."

그녀는 아무 말도 하지 못하고 그저 떨기만 했다. 동갑내기 남자애 앞에서 사시나무 떨듯 떠는 그녀가 오히려 가여워 보였다. 그래서 그는 겁내지 말라고 상냥하게 말해주고 싶어졌다. 그런데 입에서 튀어나온 말은 전혀 엉뚱했다.

"너 돈 있냐?"

말해놓고도 강아경은 자기 말이 마음에 들지 않았다.

— 아 씨. 하필 돈 얘기가 나오냐. 꼭 삥 뜯는 거 같잖아. 쟤가 더 무서워할 텐데…….

역시나 그녀는 더 겁에 질려 어쩔 줄 모르는 듯했다. 그 모습을 보고도 그는 그녀가 무서워하든지 말든지, 아니 그런 것보다는 그녀의 관심을 아파트 옥상 난간에서 최대한 멀리 떨어뜨려놓는 일이 더 급하다는 생각이 앞섰다. 그래서 더 내질러보았다.

"돈 있냐고?"

— 젠장. 부드럽게 말해야 하는데 왜 자꾸 이런 투로 말이 나오냐.

그녀는 엉거주춤 가방 앞 지퍼 주머니를 뒤지더니 꼬깃꼬깃 구겨진 천 원짜리 지폐 두 장을 꺼내어 어른에게 하듯이 두 손으로 공손하게 내밀었다.

"이천 원밖에 없는데요."

"이천 원? 그거라도 줘."

"네…… 여기요."

"고맙다."

돈을 받으면서도 강아경은 미안한 마음이 들었다. 미안한 마음에 그는 자신도 모르게 나지막한 목소리로 고맙다, 라고 중얼거린 것이다. 하지만 그 말은 거칠게 돈을 뺏은 사람에게는 어울리지 않아 보였다. 그렇다고 그로서는 더 이상 그럴듯하게 말할 재주가 있는 것도 아니었다. 옥상에서 이상하게 행동하는 동갑내기 여학생의 마음을 교묘하게 움직여 옥상을 내려가게 하는 일은 중2 남학생에게는 무척 어려운 일이었으니까 말이다.

그는 돈을 받아 바지 주머니에 쑤셔 넣더니 괜히 인상을 쓰면서 말했다.

"됐어. 가봐."

조금 전 고맙다, 라고 중얼거린 그의 목소리와는 전혀 딴판이었다. 그녀를 옥상에서 빨리 내보내야겠다는 생각뿐이었다. 그러다가 문득 옥상은 여기뿐만 아니라 옆동, 앞동, 뒷동…… 사방에 있다는 사실을 깨달았다. 수십 개의 성냥갑들이 즐비하게 가득 차 있는 아파트 단지에는 수십 개의 옥상이 존재하게 마련이었다. 생각이 그에 미치자 강아경은 다급하게 다시 그녀를 불렀다.

"야!"

"네?"

그녀는 철문 쪽으로 가려다 말고 돌아보았다. 그녀가 돌아보자 딱히 할 말을 준비하지 못한 강아경은 횡설수설했다.

"아니 뭐. 가지 말고…… 나랑 놀래?"

"네? 아…… 아니요. 집에 가면 안 될까요?"

"집이 어딘데?"

"저기 아파트 단지 지나서 있는 주택단지예요."

그녀의 손가락 끝이 가리키는 곳을 바라보니 허름한 주택들이 다닥다닥 붙어 있었다. 그쪽 하늘은 곧 석양에 물들 것 같았다.

"딴 데로 새지 말고, 바로 집으로 가라."

그는 마치 어른이라도 된 양 당부하면서 그녀를 보내주기로 했다. 그녀의 얼굴에는 정체를 알 수 없는 덩치 큰 남학생으로부터 풀려나는 안도의 빛이 역력했다. 그녀는 동물 캐릭터가 그려진 여름 양말을 신고 있었다. 발랄하기 이를 데 없는 동물 캐릭터 양말을 신고 시무룩한 표정으로 걸어가는 그녀의 뒷모습은 우습기도 하고 조금 귀여운 듯도 해서 강아경은 웃음이 나왔다. 갑자기 그는 그녀를 다시 불러 세웠다.

"야!"

거칠게 부를 생각은 없었는데도 어색함 때문인지 그의 목소리는 통명스러웠다.

"네?"

그녀는 깜짝 놀라 뒤를 돌아보았다. 그 순간 그는 그녀의 동그랗게 커진 눈과 마주쳤다. 그 두 눈에 이번에는 그가 놀랐다.

—뭐야. 이 눈빛은……!

기분이 이상하잖아. 그는 그런 눈을 알고 있었다. 그 눈은 어린 시절 영어 공부가 하기 싫다고 떼를 썼을 때 소리 지르는 엄마를 바라보던 그의 눈과 닮아 있었다. 그 눈은 초등학교 시절 반에서 처음으로 1등을 놓쳤을 때 회초리를 들고 화를 내는 엄마를 보던 그의 눈과 똑같았다. 겁에 질린 눈, 저항하고 싶지만 힘이 약해서 저항조차 포기한 채 상대방의 눈치만 보고 있는 눈. 강아경은 그녀가 자기를 무서워하고 있다는 게 선뜻 이해가 되지 않았다. 조금 거칠게 말하긴 했지만 깡패나 잠재적 성폭력자로 보일 정도는 아닐 텐데 말이다. 강아경은 조금은 친절해진 목소리로 물었다.

"너…… 이름이 뭐냐?"

"아경이요. 심아경……."

— 뭐야, 아경이라고? 나랑 이름이 똑같잖아!

그는 속으로 조금 놀랐지만 태연한 척 다시 툴툴거렸다.

"누가 성까지 말해 달랬냐?"

"아니…… 그냥…… 말한 거예요."

"다시는 여기 오지 마라. 여기는 내 아지트야. 알았냐?"

"네."

"그리고! 딴 데로 새지 말고 바로 집으로 가. 이 위에서 다 보여!"

"네……."

심아경, 그녀는 고개를 푹 숙인 채 처음 들어올 때처럼 힘없이 철문을 열고 다시 나갔다. 철문은 끼.이.이.익, 하고 늘어지는 소리를 내며 닫혔다. 그녀를 무사히 옥상 밖으로 내보내고 나서야 그는 안도의 숨을 쉴 수 있었다. 혼자 남은 그는 생각했다.

— 아경! 나하고 이름이 똑같다니 신기하네. 쟤도 엄마가 싫어서 옥상으로 도망 온 것일까?

그는 다시 옥상 구석에 팔베개를 하고 누웠다. 어느새 8월의 늦여름 하늘 저편의 구름이 점차 오렌지 빛으로 물들어갔다. 저녁 시간이 다 되어가자 조금씩 걱정이 되기도 했다. 오늘 밤은 어디서 자야 할지, 막막했다. 엄마가 혹시 너무 걱정에 빠진 나머지 병이 나는 것은 아닐까 은근히 염려가 되기도 했다. 그러자 그냥 집으로 들어갈까, 하는 약한 생각도 따라붙었지만 마음을 다잡았다.

— 싫어! 그 집구석으로 들어가지 않을 거야. 엄마는 그만 잊어버리자, 집 따위도 잊자. 인생은 어차피 혼자니까!

그렇게 중얼거리며, 그는 옥상을 내려왔다.

2

강아경은 옥상에서 내려와 심아경으로부터 받아낸 이천 원으로 삼각김밥과 즉석 라면을 사 먹었다. 하루 종일 제대로 먹지 못한 터라 삼각김밥과 즉석 라면만으로도 왕의 밥상처럼 푸짐하게 느껴졌다. 그런데 그다음이 문제였다. 밤에 잘 곳이 없었기 때문이다. 어디에서 밤을 지내야 할지 아무리 생각해도 묘안이 떠오르지 않았다. 친구들 집은 이미 모두 한두 번씩 신세를 졌기 때문에 더이상 신세를 질 엄두가 나지 않았다. 친구네 집에는 친구만 있는 게 아니라 친구의 엄마, 아빠도 있으니까 그 집에서 자려면 허락이 필요했다. 엄마, 아빠가 있는 한 편안한 잠자리가 될 수는 없었다. 한번은 놀러간 척하며 신세를 졌지만 또 자러 가면 그분들은 왜 자꾸 자러 오는지 미심쩍어하면서 촉각을 곤두세울 것이다. 그분들은 가출 청소년과 자신의 자녀가 어울리기를 원치 않는다. 갈곳 없는 친구를 하룻밤 도와주는 일에는 관심도 없을 게 분명하다. 어차피 친구 엄마, 아빠의 허락을 받으면 괜히 친구 입장만 곤란해질 뿐이었다.

— 밖에서 자면 잤지, 구질구질하게 구걸은 안 해!

그는 터벅터벅 걸었다. 그때였다. 갑자기 그를 부르는 소리가 들렸다.

"야! 강아경! 너 아직 집에 안 들어갔냐?"

"응."

"우리 집에 갈래? 우리 엄마 아빠 여행 가셨어."

"진짜?"

드디어 하룻밤 잠을 잘 수 있는 곳을 발견한 강아경은 환호성을 질렀다. 그는 친구 집에서 컴퓨터 게임이나 실컷 해야겠다고 생각하며 걸음을 재촉했다. 왠지 친구는 오늘따라 말이 없었지만 강아경은 크게 개의치 않았다. 그런데 친구네 집이 가까워질 즈음 친구가 말이 없던 이유를 알 수 있었다. 친구네 아파트 동의 경비실 앞에 문득 눈에 익은 한 사람이 보이기 시작했기 때문이다.

"어라?"

처음에는 상상도 못한 일이라 얼른 머릿속이 정리가 되지 않았지만 금세 분명해졌다. 바로 엄마였다.

"이 새끼, 날 속였냐?"

강아경은 친구를 보며 소리쳤다.

"야, 강아경. 니네 엄마가 울며불며 사정하는데 어떻게 하냐? 그리고 너도 그만 집에 들어가야지!"

"아 씨발!"

강아경은 바닥에 침을 뱉었다. 그때 경비실 앞에 서 있던 엄마가 아경을 발견하고는 손을 휘저으며 달려왔다. 잠시 그는 멈칫했지만 이내 뒤로 돌아섰다. 그러자 친구가 그의 팔목을 잡았다.

"야, 그냥 도망가면 어떻게 하냐?"

"이거 안 놔?"

"니네 엄마가…….."

친구는 강아경의 팔을 잡고 늘어지면서 시간을 끌었다. 그러는 사이 엄마가 그를 향해 달려왔다. 아경아, 아경아! 온 동네가 떠내려갈 듯이 큰 소리로 불러대면서 말이다. 다급해진 그는 있는 힘을 다해 친구의 손아귀에서 팔을 확 뺐다.

"이거 놔! 놓으란 말이야!"

그가 겨우 팔을 빼낸 순간, 이번에는 엄마가 그의 팔을 잡아버렸다. 그 짧은 순간에 그 짧은 다리로 어떻게 바로 코앞까지 달려올 수 있었는지 엄마는 정말 아들 일에 관한 한 능력자였다.

"아경아, 그만 집에 가자!"

"안 가!"

"집에 가자!"

"싫어!"

엄마는 쉽게 놓을 기세가 아니었다. 두 손으로 아경의 팔을 꼭 잡고는 놓지 않았다. 그가 팔을 빼내려 하자 엄마는 아들의 팔에 매달려 이리저리 흔들리는데도 끝까지 놓지 않았다.

"놔! 놓으라고!"

"아경아. 집에 가자."

집에 가자, 집에 가자…… 엄마는 오직 그 말만 반복했다. 사실, 엄마가 조금 불쌍해 보이기는 했다. 회초리를 들고 공부하라고 잔소리를 늘어놓을 때는 두 번 다시 보고 싶지 않을 정도로 미웠지만, 그래서 집을 나왔지만, 막상 이렇게 집에 가자고 애원하는 엄마를 보니 순간적으로 화가 누그러지는 것 같기도 했다. 열흘째의 떠돌이 생활로 심신이 지쳐 있는 데다 엄마에 대해 측은한 마음이 들자, 그냥 집에 들어갈까 하고 마음이 약해지기도 했다.

— 못 이기는 척 들어갈까?

하지만 바로 다음 순간 생각을 달리했다.

— 아니야! 그래도 한 달은 채워서 지난번 기록을 깨야지. 지난번에도 보름은 채웠는데, 이번에 열흘 만에 들어갈 순 없잖아.

그때 엄마가 던진 한마디가 약해진 강아경의 마음을 다시 강하게 해주었다.

"이렇게 밖으로 돌면 공부는 언제 하니? 개학 했으니 곧 중간고

사잖아. 어떻게 하려고 그러니."

그의 눈에 갑자기 불똥이 튀었다. 그럼 그렇지, 엄마가 변했을
리가 없지!

"또 그놈의 공부 타령이야?"

엄마는 공부를 신으로 모시고 있었다. 모든 것이 '공부'에서 시
작하고 '공부'로 귀결된다. 가출한 아들을 보고도 엄마는 공부 걱
정만 하고 있다. 그러니 엄마는 '공부교'의 맹신자임에 분명하다.
매일매일 교주인 '공부신'에게 절을 하고 기도를 하고 교주인 공
부신에게 아들을 제물로 바치려 하고 있는 것이다. 강아경은 절대
로 엄마 뜻대로 호락호락 공부의 제물이 되지 않으리라 다시 한
번 굳게 다짐을 하고는 약해진 마음을 다잡았다.

"놔! 놓으란 말이야!"

키 180센티미터, 68킬로그램의 혈기왕성한 중2 남학생이 온몸
으로 괴력을 발산하자, '엄마'는 길바닥에 나동그라지고 말았다.
그러자 더 당황한 것은 강아경이었다. 엄마를 넘어뜨릴 생각은 아
니었기 때문이다.

"어…… 엄마……."

그는 엄마를 일으켜 세워주려다가 주춤했다. 하지만 주춤하고
있다가는 엄마에게 잡힐 것 같아서 급히 도망치기 시작했는데, 그
의 예상대로 금세 일어선 엄마가 그를 따라붙었다.

"우이…… 씨!"

그는 뛰면서 힐끔힐끔 돌아보았다. 엄마와 다시 맞닥뜨려 실랑이를 벌이기가 두려웠다. 또다시 엄마를 넘어뜨리기도 싫고, 그렇다고 집에 순순히 끌려 들어가기도 싫었다. 집은 공부교의 교주를 모시는 신전에 불과했으니까.

"아경아, 아경아!"

— 싫어. 안 가!

엄마가 그렇게 빠른 줄은 몰랐다. 하지만 '우월 기럭지'의 소유자 강아경은 긴 다리를 이용해 타조처럼 빨리 뛰었다. 주변의 아파트와 사람들이 스쳐 지나갔다. 엄마는 점점 멀어지고 있었다. 아파트 단지를 지나 근린공원으로 들어갔을 때 그는 맞은편에서 급하게 뛰어오던 사람과 탁 부딪쳤다.

"앗!"

"어!"

강아경과 부딪친 그녀는 순간적으로 중심을 잃고 길바닥에 넘어져버렸다. 부딪친 사람 얼굴을 보니 아까 옥상에서 만났던 심아경이었다. 강아경은 자기 때문에 넘어진 그녀에게 미안한 마음이 들었다.

"야! 괜찮냐? 똑바로 좀 보고 다녀라."

그제야 심아경은 고개를 들더니 강아경을 알아보는 듯했다.

"아 너는……."

강아경은 우선 손을 내밀었다.

"자! 일어나. 어서."

심아경은 잠시 강아경의 손을 빤히 쳐다보는 듯했다.

"일어나라니까!"

그제야 심아경은 천천히 손을 내밀어 강아경의 커다란 손을 잡고 일어섰다. 그녀의 손은 아주 작고 따뜻했다. 강아경은 그녀의 얼굴을 슬쩍 쳐다보았다. 그녀의 얼굴은 옥상에서 볼 때와 어딘지 모르게 달라 보였다. 옥상에서 보았을 때는 조금 바보 같기도 하고 넋이 나간 사람처럼 보이기도 했다. 그러나 길에서 다시 만난 그녀는 바보 같다기보다는 사냥개에게 쫓기는 사슴 같았다. 작고 약하고 또 어딘지 모르게 측은해 보이기도 했다. 하지만 강아경은 머뭇거리고 있을 새가 없었다.

"가라! 나도 급해서 말이야."

강아경이 돌아서려는데 뒤에서 엄마의 목소리가 들렸다.

"아경아!"

그는 들은 체도 하지 않고 서둘러 가려는데, 강아경 대신 심아경이 돌아보았다.

"나 부르는 건가? 모르는 사람인데……."

강아경은 답답하다는 듯이 말했다.

"너 말고, 나 부르는 거야."

"너?"

강아경의 이름을 알지 못하는 심아경은 고개를 갸우뚱거렸지만 그녀 역시 머뭇거리고 있을 새가 없어 보였다. 강아경도 주춤거리고 있을 여유가 없었기에 걸음을 재촉했다. 가다가 돌아보니 심아경의 뒷모습은 근린공원 서쪽 출입구 쪽으로 벌써 멀어지고 있었다. 점점 어두워지는 가운데 아직 가로등이 들어오지 않은 근린공원 서쪽 출입구는 나무가 우거져 더 어두워 보였다. 조그맣게 멀어진 그녀의 뒷모습은 금세 어둠 속에 묻혀버렸다. 그날따라 어둠은 그의 마음을 더 불안하게 만드는 듯했다.

저녁 운동을 나온 사람들 사이로 뛰다 보니 어느새 엄마의 모습도 더 이상 보이지 않았다. 간간이 "아경아!"라고 부르던 소리도 이젠 들리지 않았다. 혼자가 된 그는 가쁜 숨을 고르며 정처 없이 걸었다. 시간이 얼마나 흘렀을까. 이미 밤은 깊었지만 그는 시간이 얼마나 흘렀는지도 몰랐다. 그냥 정처 없이 걷기만 했다. 갈 데도 없고, 가고 싶은 데도 없었다. 밤새 걷기만 하다가 아침을 맞아도 좋을 것 같았다.

그는 보통의 아이들과는 다른 아침을 원했다.

— 친구들은 모두 오늘 학교에 갔다 왔겠지……. 개학하는 날이었으니까. 쳇. 그까짓 거…… 학교가 무슨 대수람. 지긋지긋해.

내일 아침에도 친구들은 언제나처럼 학교에 갈 것이다. 초등학교에 입학한 이후 죽 그래 왔듯이 눈을 비비고 일어나 아침밥도 먹지 않은 채 학교에 가겠지. 넥타이라도 잊어먹거나 하면 교문에서부터 벌점을 받을 테고, 교문을 무사히 통과한다고 해도 하루종일 지루한 수업이 이어진다. 지루해하는 건 선생님들도 마찬가지다. "학원에서 다 배웠지?"라며 넘어가버리고는 자습을 시키기 일쑤다. 4교시를 버티면 급식 시간이 되고 가끔씩 벌레가 나오기도 하는 급식으로 점심을 해결하면 화장실에 가고 싶어지곤 한다. 하지만 썩 내키지 않는다. 학교 화장실은 휴지가 없을 때도 많고, 양변기가 아닌 학교 변기에 쭈그리고 앉아서 힘을 주는 것은 정말 힘든 일이니까. 그러니 '모닝 똥'을 집에서 해결하고 등교한 날은 정말 행운인 것이다. 하지만 전날 밤 늦도록 공부하다 잠들어 아침이면 부랴부랴 눈곱을 떼고 등교하기 바쁜 일상에서 모닝 똥을 집에서 해결하기란 쉬운 일이 아니다. 졸음과 사투를 벌이면서 5, 6교시 때로는 7교시까지 버티면 드디어 학교로부터 해방의 시간이 다가온다. 하지만 또다시 이런저런 학원으로 달려가야 한다. 그리고 그곳에는 히브리 노예들처럼 강제로 '공부'라는 노역에 동원된 학생들로 가득하다. 모두가 똑같은 신세라는 게 위안이라면 위안이다. 또 대학에 가면 노예생활로부터 해방될 수 있다는 단순한 믿음이 또 다른 위안이기도 하다. 그렇게 반복되는 일상. 어릴 때부터 지금까지 다람쥐 쳇바퀴 돌듯 똑같이 반복되는 속박으로부터 이제 벗어나고 싶었다. 스무 살이 될 때까지 기다릴 수가 없다.

— 갈 곳도 없지만, 괜찮아. 혼자지만, 그래도 괜찮아. 난 나답게 살고 싶을 뿐이야.

주변 거리를 헤매 다니다가 다시 돌아온 공원에는 가로등이 켜져 있었다. 공원 한가운데를 가로질러 공원 곳곳에 있는 잔디 언덕을 넘어 산책로까지 갔다. 산책로는 공원을 죽 둘러 있었는데 서쪽 끝으로 나 있는 산책로 쪽은 횡단보도 하나만 건너면 공터와 야산으로 이어지는 외곽이다 보니 특히 인적이 드물었다. 새벽이면 산책하는 이들이 종종 있었지만 밤이면 오가는 사람이 별로 없는 적막한 숲 속이었다. 벌써 8시가 훌쩍 넘어 있었다. 흙먼지가 날 정도로 신발을 질질 끌며 산책로 끝으로 가니 여학생들 몇 명이 서 있었다. 가로등 불빛에 보니 교복을 입고 있는 것 같았다. 여자애들 목소리 가운데 지수라는 이름이 오고 갔다.

"지수야, 얘 어떻게 할까?"

"빈손이야?"

거친 말투, 욕지거리가 오고 가는 것 같았다. 강아경이 지나가면서 힐끗 쳐다보니 그네들 중의 한 명이 강아경을 쳐다보았다. 마치 '뭘 봐?' 하는 표정이었다. 강아경은 '어쩔래?' 하는 투로 마주보고는 휘파람을 불며 유유히 산책로를 따라 걸었다. 좀 걷다가 뒤를 힐끔 보니 좀 전에 마주친 여학생들이 우르르 산책로에서 벗어나 횡단보도를 건너는 것이 보였다. 키가 큰 여학생들 사이로 작은 여학생이 하나 섞여 있었는데, 키 큰 애들이 둘러싸고 있어서 얼굴이 잘 보이지 않았다.

— 횡단보도 건너면 공터와 야산밖에 없는데, 거긴 왜 가지?

여학생들이 횡단보도를 건너 공터 쪽으로 사라진 뒤에도 그는 한참 앉아 있었다. 8월의 여름밤. 그리 춥지는 않았으나 아무 데서나 누워 자기에는 그리 만만치 않았다.

— 아…… 씨. 어디서 자지?

집에 갈까? 또 그런 생각이 스치듯 들었지만 본심은 아니었다. 엄마가 원하는 대로 해주기 싫었으니까. 엄마가 아들이 집으로 돌아오길 간절히 바랄수록 그는 더 집에 가기 싫었다. 엄마 말의 반대로만 하고 싶었다. 엄마가 공부 잘하는 아들을 원하기에 그는 더 이상 공부를 잘하고 싶지도 않았다. 그는 엄마가 원하는 길, 엄마가 정해놓은 길이 아니라 자기 마음이 이끄는 대로 살고 싶었다. 그 길이 남들이 생각할 때 나쁜 길이라 해도 그는 자기 인생을 맘대로 살아버릴 자유가 있다고 믿었다. 그런데 엄마는 이렇게 말하곤 했다.

"아경아, 너는 초등학교 때까지만 해도 엄마의 자랑이었어. 엄마의 모든 것이었단다. 그런데 요즘 왜 이렇게 변하니? 왜 점점 알 수 없는 모습이 되어가는 거니?"

1학기 중간고사 때 성적이 조금 떨어지자 엄마의 잔소리가 늘어나기 시작하더니, 1학기 기말고사 때 시험을 완전히 망쳤을 때부터는 엄마는 거의 히스테리 수준이 되었다. 언제인지 기억도 나지 않는 '엄마의 자랑스러운 아들'만 계속해서 찾아댔다.

— 쳇. 성적이 떨어지면 자랑스러운 아들이 아니란 말인가? 전교 1등 할 때만 자랑이고 전교 1등 못하면 부끄러운 아들이란 말인가.

걷다 보니 주택단지가 나왔다. 빽빽하던 아파트가 사라지고 나지막한 3, 4층 상가 건물들이 다닥다닥 붙어 있었다. 좁은 골목으로 들어서니 맞은편에서 웬 술 취한 남녀가 비틀비틀 걸어오고 있었다.

"너무 많이 마셨다. 그지?"

"자기 딸내미 집에 있으면 어떡하지?"

"괜찮아. 그런 신경 쓰지 마. 어서 들어가 눕자."

"자기 딸내미 지 엄마한테 보내버려. 그런 혹 떼어버리고 나랑 살자. 응?"

"그럴까? 자기 내일 아침에 내가 해장국 끓여줄게."

강아경은 두 사람을 지나치면서 생각했다.

— 잘~들 논다.

강아경이 쳐다보자 술 취한 남자가 기분 나쁘다는 표정으로 강아경을 노려보았지만 거구에 혈기왕성한 중학생과 시비를 붙을 수 있는 아저씨는 별로 없었다. 술 취한 남자는 오히려 강아경의 체구를 보더니 이내 시선을 피해버렸다. 여자의 유난히 뾰족한 구두가 강아경의 눈길을 끌었다.

— 저런 거 신고도 걸어 다닐 수 있나 보네…….

술 취한 남자는 술 취한 여자를 부축해서 허름한 상가 건물로 들어갔다. 1층에는 닭강정을 파는 분식점이 있고, 2, 3층은 살림집이 들어서 있는 건물이었다. 주택단지에는 그런 상가 주택 건물들이 대부분이었다. 강아경은 두 사람의 뒷모습을 힐끔 돌아보며 혼자서 중얼거렸다.

— 어른들은 제멋대로 살면서 애들에게만 이래라 저래라 잘난 체지……. 자기들이나 똑바로 할 것이지.

배가 고팠다. 슬슬 다리도 아파왔다. 주택단지를 돌아다니다 보니 문득 옥상에서 만난 심아경이라는 애가 생각났다.

— 걔도 주택단지에 산다고 했는데……. 지금은 집에 들어갔을까?

강아경은 아직도 잠을 잘 곳을 구하지 못했다. 휴대폰도 거의 기절하기 일보 직전이었다. 강아경은 휴대폰이 완전히 의식을 잃기 전에 주택단지에 살고 있는 친구 녀석에게 카톡을 보냈다.

영찬아, 휴대폰 배터리 좀 바꿔주라.

너 아직 안 들어갔냐?

응.

미친 새끼.

5분 뒤에 너희 집 앞으로 갈게. 배터리 충전한 것 좀 갖고 나와라.

카톡을 주고받고 나서 5분 후에 찾아가니 친구는 배터리와 함께 검정 봉지를 하나 들고 나왔다. 검정 봉지 안에는 피자 조각이 들어 있었다.

"엄마 몰래 가지고 나온 거야. 좀 먹어라."

"어 정말! 고마워. 배고팠는데."

"네가 만날 나 밥 사주고 했잖아. 이제 그만하고 집에 들어가지 그러냐? 너희 엄마가 몇 번 찾아왔었어."

"나보고 또 맞으면서 공부하라고? 싫다!"

"하긴 니네 엄마가 좀 심하긴 하지. 암튼 얼마 전에 학교에도 오셨던데……. 담임도 네가 아파서 학교 못 나오고 있는 거라고 말은 했지만 뭔가 눈치챈 것 같더라. 담임 쌤에게 전화 안 왔냐?"

"오긴 했는데 내가 안 받았지……."

"하긴……."

"어쨌든 고맙다. 들어가."

"오늘은 어디 가서 자냐?"

"글쎄…… 내가 오늘 낮잠 자던 곳이 있어. 거기 가려고."

"어디?"

"비밀이야. 엄마에게 말하면 안 되잖아."

"이 새끼. 친구를 못 믿냐?"

"아까 낮에도 한 녀석에게 속았거든."

"헐."

"아니, 그냥 나 혼자 좀 있고 싶어서 그래. 들어가라. 고맙다."

친구와 헤어진 후 강아경은 아파트 단지 쪽으로 걸어갔다. 그리고 낮에 심아경을 처음 만났던 그 아파트 동으로 숨어들었다. 경비 아저씨는 '순찰 중'이라는 팻말을 내어 걸고 일찌감치 잠들어 있었다.

강아경은 엘리베이터를 타고 꼭대기 층으로 간 다음 계단을 통해 옥상으로 올라갔다. 철문을 조심스럽게 열고 들어가자 거기에는 아무에게도 방해받지 않는 늦여름의 밤이 있었다. 난간 끝으로 가보자 아파트 단지와 저 멀리 주택단지 전경이 한눈에 보였다.

네온사인이 반짝이는 동네의 풍경이 조금은 정겹게 느껴졌다.

— 아까 심아경이란 애는 도대체 무엇을 바라본 것일까? 여기에 서서…….

심아경의 눈이 생각났다. 겁에 질린 듯한 눈. 그리고 움츠린 어깨와 더듬거리던 말투까지 생생하게 떠올랐다. 손을 잡아 일으켜 줄 때의 따뜻한 느낌까지.

이런저런 생각을 하면서 강아경은 옥상에 드러누워 별을 바라보았다. 구름 사이로 별들이, 아니 별들 사이로 구름이 흘러갔다. 한참 누워 하늘 구경을 하는데 몇 되지 않던 별들조차 구름 사이로 숨어버렸다. 서글픈 생각이 들었다. 아무리 집이 싫어 가출을 했지만 그 집이 없어서 옥상에서 몰래 혼자서 밤을 나야 하는 자신의 상황도 그리 편치만은 않았다. 자유는 버거웠다. 자유가 버거워, 다시 집으로 들어갈까 싶은 약한 생각이 들 때면 그럴수록 더 강하게 저항해보겠다고 다시 마음먹었다.

"젠장. 난 강아경이야. 엄마가 기르는 애완동물이 아니라고. 엄마의 자랑스러운 아들 같은 건, 개나 줘버리라 그래! 난 누구의 아들도 아닌 나로 살고 싶어. 나, 강.아.경!"

숨을 곳은 없다

1

그녀, 심아경은 새벽이 되어서야 집으로 돌아올 수 있었다. 조심
스럽게 열쇠를 꽂고 살며시 들어서니, 낯선…… 아니 이제는 눈에
익숙해진 여자 구두가 아빠의 신발 옆에 나란히 놓여 있었다. 구
두는 앞코가 아주 뾰족하고 날카롭고 차갑다. 아빠 애인인 그 여
자도 아주 뾰족하고 날카롭고 차갑다.

심아경은 여자 구두가 아빠 구두 옆에 나란히 있는 모습에 익숙
해질 수가 없다. 그래서 심아경은 흙이 잔뜩 묻은 삼선슬리퍼를 벗
어 아빠와 그 여자의 구두로부터 떨어진 한 귀퉁이에 벗어놓았다.

아빠의 방문은 굳게 닫혀 있었다. 두 사람의 모습이 보이지는

않았지만 함께 침대에 누워 있을 게 분명했다. 방 두 칸짜리의 작은 집 지붕 아래 아빠와 딸과, 그리고 피 한 방울 섞이지 않은 어떤 여자가 마치 가족처럼 누워 있다는 사실에 익숙해질 수가 없어서 심아경은 애써 아빠의 방문을 외면했다.

밤새 피곤에 지친 심아경은 자기 방으로 들어와 더러워진 교복을 벗지도 않은 채 그대로 뻗어버렸다. 긴장이 풀리면서 두 눈이 스르르 감겼다. 몸이 부서질 것처럼 묵직한 통증이 발끝까지 번지고 있었다. 끙끙, 하는 신음을 자기도 모르게 입술 사이로 뱉으며 잠이 들었는데, 갑자기 지수의 목소리가 들렸다.

"야, 심아경!"

"야, 심아경!"

자기를 부르는 거친 목소리에 깜짝 놀란 그녀는 벌떡 일어나 방문을 열고 나가 보았다.

"지수야, 나 불렀어?"

뭉그적거렸다가 더 화를 돋우게 될까 봐 서둘러 나갔는데, 나가 보니 자기를 부르던 지수는 없고 아빠가 싱크대 앞에서 파를 썰고 있었다. 그리고 아빠의 열린 방문 틈으로 그 여자가 누워 있는 게 보였다.

"야, 너 아직 학교도 안 가고 자고 있었던 거냐?"

아빠는 이미 딸이 학교에 간 줄 알았던 모양이다. 아빠의 역정에 그제야 정신이 번쩍 든 아경은 벽시계를 보았다. 시간은 이미 8시 30분을 넘어서고 있었다. 학교에 있어야 하는 시간이었다. 안방에서 그 여자가 부스스 눈을 비비고 나오면서 한마디 거들었다.

"자기 딸은 만날 지각이네."

얇은 잠옷 바람으로 여자는 얄밉게 웃으며 화장실로 들어갔다. 심아경은 시무룩한 표정으로 가만히 서 있었다.

"빨리 씻고 학교 가야지 왜 가만히 섰냐?"

아빠는 여자의 아침밥을 만들어주려는지 부엌에서 설치며 소리를 질렀다.

"아줌마가 나와야 세수를 하지."

심아경은 시무룩하게 대답했다. 잠시 후 물 내리는 소리가 나더니 그 여자가 나왔다. 그 여자는 화장실 앞에 서 있는 아경을 아래위로 훑어보며 또 한마디 했다.

"어머, 아경아. 여자애가 교복을 입은 채로 자면 어떡하니? 쯧쯧. 엄마도 안 계신데 자기 옷은 자기가 알아서 관리해야지. 아빠 바쁘신데 부담 드리지 말고."

심아경은 아줌마가 자기 이름을 부르는 게 기분이 나빴다. 마치 엄마 행세라도 하려 드는 것처럼 불쾌했다. 말로는 아빠를 위해주고 심아경에게 좋은 충고를 해주는 척하고 있지만 그 마음이 도대체 어떤 모양인지 전혀 짐작이 되지 않았다. 분명한 것은 아줌마가 심아경에 대해 그리 애정을 가지고 있지 않다는 사실이다. 그 사실을 아빠만 모르고 있는 것 같았다. 아빠는 아줌마 말이라고 하면 뭐든지 믿을 기세였으니까 말이다.

아줌마는 얄밉게 웃으며 다시 방으로 들어가 침대 위에 누웠다. 심아경은 아무 말도 하지 않고 욕실에 들어가 대충 씻고 나왔다. 갈아입을 교복을 찾아보았지만 벗어놓은 교복은 며칠째 구겨진 채 그대로였고 입고 잔 교복 역시 흙먼지가 잔뜩 묻어 있었다. 하는 수 없이 물수건으로 얼룩이 진한 부분을 벅벅 닦아냈지만 얼룩은 쉽게 지워지지 않았다.

"자기야, 나 배고파."

그 여자가 코맹맹이 소리로 말하는 게 들렸다. 아빠가 끓인 콩나물 해장국 냄새가 아경의 열린 방문 틈으로 솔솔 들어왔다. 아빠의 다정한 목소리가 들렸다.

"자기야, 좀만 기다려."

아경도 배가 고팠다. 어제 학교에서 먹은 급식 이후로는 아무것도 먹지 못했다. 하지만 배고픈 것보다 그 여자와 아빠가 있는 집을 빨리 나가고 싶었다. 부랴부랴 책가방을 들고 나갔다. 아줌마가 심아경의 뒤꼭지에 대고 말했다.

"얘, 밥 안 먹고 가니?"

배는 고팠지만 아빠와 아줌마 사이에 혹처럼 앉아서 밥을 먹을 엄두가 나지 않았다. 아줌마도 틀림없이 그냥 예의상 해본 말일 것이다. 집을 나서는데 아줌마의 목소리가 또 들렸다. 마치 들으라는 듯이 내뱉는 아줌마의 말은 언제나 심아경의 마음을 콕콕 찔렀다.

"자기는 어쩌자고 애를 떠맡았어? 혼자 힘들어서 어떻게 기르려고. 자식에 공 들여 보았자 고생한 거 나중에 알아줄 거 같아?"

심아경은 현관문을 닫으며 슬쩍 뒤를 돌아보았다. 문틈으로 그 여자의 뾰족구두가 보이더니 이내 현관문은 닫히고 말았다. 엄마 생각이 났다. 엄마도 저런 구두를 신었을까? 아마도 엄마는 저렇게 뾰족한 구두를 신지 않았을 것 같았다. 엄마가 있었다면 아침 일찍 깨워주지 않았을까? 아니 그보다 엄마가 있었으면 아침밥을 먹을 수 있지 않았을까? 아경은 그런저런 생각을 해보았다. 하지만 아경이 정말 알고 싶은 것은 구두나 아침밥에 대한 것이 아니었다.

— 엄마는 왜 나를 버렸을까? 차라리 나를 데리고 가지. 나를 데리고 갔으면 이렇게 힘들지 않았을 텐데. 어쩌면 엄마에게도 내가 혹이었던 것일까? 그래서 날 버리고 간 것일까?

심아경은 혹이었다. 아니 혹으로 취급당하는 것 같았다. 학교에서도 마찬가지였다. 심아경은 있으나 없으나 똑같은 존재, 아니 없으면 모두를 위해 더 좋은 그런 존재로 여겨지는 것 같았다.

이미 1교시 수업이 시작하는 종소리가 울리고 있을 때 뛰어 들어가다가 마주친 담임 선생님도 심아경을 그런 존재로 인식하는 것 같았다.

"심아경, 또 지각이니? 1교시 끝나면 상담실로 와라."

담임 선생님은 싸늘한 표정으로 정해진 매뉴얼을 읽듯이 심아경에게 말했다. 심아경에게는 이미 익숙해진 일이었다. 담임 선생님에게도 익숙해진 순서였으리라.

1교시 수업 시간 내내 졸음을 이기지 못하고 꾸벅거리다가 급기야 엎드려버린 심아경에게 화를 내며 벌점을 준 수학 선생님도 아경을 그런 존재로 인식하는 것 같았다.

"너는 어떻게 만날 졸고만 있니? 수업 끝나고 교무실로 와서 깜지(흰 종이를 빽빽하게 채우는 체벌의 종류) 써라!"

— 벌점을 주었으면 그걸로 끝이어야 하는 거 아닌가, 벌점에다 깜지까지 쓰라니. 너무해. 이중처벌이야. 휴우…….

아경은 한숨을 쉬며 깊은 고민에 빠졌다.

— 담임도 오라 그리고, 수학 쌤도 오라 그리고……. 1교시 끝나면 누구에게 먼저 가야 하나?

담임 선생님을 만나려면 상담실(담임 선생님은 상담실을 맡고 있다)로 가야 하고, 수학 선생님을 만나려면 2학년 교무실로 가야 했다. 고민하던 심아경은 결국 더 많이 화를 낸 수학 선생님에게 먼저 가기로 했다. 수학 선생님은 심아경을 교무실 책상 앞에 세워둔 채 한참 잔소리를 했다. 옆 좌석의 선생님도 심아경을 쳐다보았다.

"넌 어떻게 된 애가 첫 시간부터 수업 시간에 늦냐? 너 그때 학교에 온 거냐? 그리고 수업 시간 내내 졸고, 도대체 졸지 않는 걸 이제껏 본 적이 없다. 수업 태도가 그게 뭐냐?"

심아경은 고개를 숙인 채 아무 말도 하지 않았다. 선생님은 아무것도 모른다. 어젯밤 심아경이 어떤 일을 겪었는지. 밤새 잠을 자지도 못한 채 공포에 떠느라 몸이 부서질 것처럼 아프고, 한낮에도 잠이 쏟아지고, 마음은 천 갈래 만 갈래로 어수선하고 불안해서 수업이고 뭐고 아무것도 집중할 수 없다는 것을 모른다. 선생님들은 열다섯 살 인생의 하루하루는 항상 별일 없는 것으로 알고 있다. 우리들 인생에 대해 이해하려고 하지도 않는다. 그저 교칙대로 벌점을 주고 야단을 칠 뿐이다. 교칙에 적응하지 못하는 학생들은 낙오자로 판단하고 낙오자의 잘못에 대해 훈계만 할 뿐이다. 그게 선생님들의 매뉴얼이고, 선생님들은 그저 그 매뉴얼대로 모든 일을 처리한다. 심아경은 그런 선생님에게 무언가를 설명할 이유를 찾지 못했다. 마음을 열 수 없는 사람에게는 아무것도 말하지 않는 것, 그게 심아경의 매뉴얼이었다. 하긴 배가 고픈 나머지 무언가를 말할 힘도 없었다. 그저 선생님의 설교가 끝날 때까지 기다리는 수밖에 없다는 것을 잘 알고 있었다.

"어휴, 답답해. 너는 말도 안 하니. 선생님이 뭐라 하면 무슨 반응이 있어야지."

수학 선생님이 말끝에 비아냥거리는 투로 물었다.

"너희 엄마는 깨워주지도 않던?"

그제야 아경은 고개를 살짝 들고 반응을 보였다. 선생님이 다시
물었다.

"엄마 아침에 출근하느라 바쁘시니?"

"아니요."

"그럼 엄마에게 좀 깨워달라고 해봐라."

"저희 엄마 안 계셔요."

아경은 기어들어갈 듯 모깃소리처럼 작게 말했다.

"뭐라고?"

수학 선생님은 잘 알아듣지 못했는지, 아니면 한 번 더 확인을
하겠다는 것인지 재차 물었다.

"엄마 안 계셔요."

"뭐?"

"……엄마가…… 없다고요!"

"응?"

"엄마 같이 안 산다고요!"

"아……."

심아경은 왜 같은 말을 세 번씩이나 물어봐야 하는지 알 수 없

었다. 세 번이나 똑같은 대답을 듣고 나서야 수학 선생님은 겨우 사태를 파악했는지 헛기침을 하더니 짧게 말했다.

"가봐. 그리고 오늘 하교 전에 깜지 써서 내고. 벌점 줄 거니까 그렇게 알고 있어."

"네."

수학 선생님은 눈도 마주치지 않은 채 심아경을 보낸 후 바로 옆자리의 선생님과 이야기를 주고받았다. 교사들 책상 사이를 빠져나오는 심아경에게 수학 선생님과 옆자리 선생님의 목소리가 들렸다.

"결손가정이네요."

"그러게 말이에요. 그러니 애가 저러지. 확실히 티가 난단 말이야."

심아경은 또다시 혹이 된 기분이었다. 세상의 모든 사람이, 아빠도, 아빠의 여자도, 지수도, 수학 선생님도, 수학 선생님의 옆에 앉은 선생님도, 곧 만나러 가야 하는 담임 선생님도 모두가 그 혹을 떼어내고 싶어 하는 것만 같았다.

2교시가 끝나고 담임 선생님이 계신 상담실로 내려갔다. 하지만 선생님은 자리에 없었다. 3교시가 끝난 후에 갔더니 담임 선생님은 못마땅하다는 표정으로 말했다.

"왜 이제 왔니? 1교시 끝나고 바로 내려왔어야지. 지금은 바쁘니까, 점심 먹고 상담하자. 원래 내일 상담할 순서지만, 오늘로 앞

당겨 하는 게 좋겠어. 오늘 또 이렇게 지각을 했으니 말이야."

또 상담 타령이다. 이야기를 들어줄 생각도 없으면서 가정환경이나 취조하고 끝내는 그런 상담이라면 하고 싶지 않았다. 상담 따위 아무리 해보았자 지수의 손아귀에서 구원해줄 수는 없을 게 분명했다.

아경은 교실로 올라와 4교시 영어 시간에도 내내 눈을 감고 있다가 잠시 떴다가 하며 졸았다. 전날 밤새 지수와 그 친구들과 함께 있다가 새벽에 들어가 두어 시간 눈만 잠깐 붙이고 나온 터라 하루 종일 폭탄 같은 졸음에 속수무책으로 당할 수밖에 없었다. 굳이 또렷한 정신으로 있을 이유도 발견하지 못했다. 차라리 비몽사몽과 같은 상태에 있을 때 맘이 더 편했다. 아무런 생각도 할 수 없고 불안한 마음도 조금은 희미해지는 것 같기 때문이다.

딩동댕~.

4교시가 끝나는 벨 소리가 들리고 급식 담당인 아이가 급식을 나눠주기 시작했다. 식판을 들고 줄을 서 있는 심아경의 배 속이 요동을 쳤다. 밥을 앞에 두자 잠은 한순간에 달아나버렸다. 심아경은 자신의 식판에 밥을 담아주는 급식 당번에게 말했다.

"좀 많이 줄래?"

급식 담당 친구는 그녀를 휙 쳐다보고는 대답도 안 하고 김치찌개와 나머지 반찬을 거칠게 퍼서 식판에 담아주었다. 김치찌개 국물이 심아경의 교복 앞자락에 튀는 바람에 그녀의 교복에는 또 하나의 얼룩이 붉게 생겼다. 그녀는 급식 담당 학생을 쳐다보았다. 그러나 그 아이는 사과는커녕 심아경을 한심스럽다는 듯이 노려보았다. 심아경은 체념한 듯 다시 고개를 숙였다. 어차피 얼룩투성이 옷에 얼룩 하나쯤 더 생긴다고 더 이상 나빠질 것도 없다 싶었다. 그래서 개의치 않고 자리로 돌아와 허겁지겁 먹기 시작했다. 전날 저녁부터 먹은 게 없던 그녀는 게걸스럽게 식판을 비우고 한 번 더 급식을 받아서 먹었다.

그런 아경을 보면서 담임 선생님은 혀를 끌끌 차며 말했다.

"심아경. 지각하고 벌점 받고도 밥이 그렇게 맛있냐? 너 벌점 80점이 되면 무조건 징계라는 걸 알고는 있니?"

아이들은 일제히 아경을 쳐다보며 웃음을 터뜨렸다. 그녀는 정신없이 먹던 숟가락질을 잠시 멈추고 멍하니 선생님을 보았다. 그리고 아이들의 웃음소리를 들었다. 그리고 생각했다.

─혹도 밥은 먹어야 하잖아. 적어도 살아 있는 동안은 먹어야 하니까…….

심아경은 다시 고개를 숙인 채 숟가락으로 국에 말은 밥을 퍼먹었다. 맛있었다. 급식이나마 양껏 먹어두지 않으면 다음 날 급식 때까지 제대로 된 밥을 먹을 수 있을지 없을지 기약이 없었다. 그러니 아경은 마치 겨울잠을 준비하는 곰처럼 밥을 든든하게 먹어두기로 했다.

"상담실로 내려와라."

담임 선생님은 상담실 담당답게 상담하는 것을 꽤나 좋아한다. 매주 금요일에는 전문 상담교사가 파견 나오지만 나머지 요일에는 담임 선생님이 주로 상담실을 담당하고 있다. 그날도 아경이 외에 상담 예정이 잡힌 반 아이들이 제법 있었다.

식사가 끝나고 심아경은 담임 선생님을 따라 상담실로 내려갔다. 선생님은 머그잔에 커피를 타 들고 자리에 앉았다. 심아경은 선생님 책상 앞에 가만히 서 있었다. 곧 선생님의 잔소리가 시작될 터였다.

"심아경! 너 왜 그렇게 지각을 자주 하니? 매일 지각이잖아. 왜 학교생활을 이 모양으로 하는 거지? 너 같은 애는 도대체 어떻게 지도를 해야 할지 난감하다. 그리고 너 복장이 그게 뭐냐? 하복을 입어야 하잖아. 이 더위에 왜 긴팔 셔츠를 입고 다니고, 참 이상하네, 응?"

출산 휴가에 들어간 전 담임 선생님을 대신해서 임시로 반을 맡은 새 담임 선생님은 도덕 과목 담당이었다.

"엄마가 직장 나가시니?"

"……."

심아경은 더 이상 답변할 기력도 없었다. 점심시간에 채운 탄수

화물로 배는 불렀지만 영 기운이 나는 것 같지도 않았다.

"엄마 맞벌이하시냐고?"

"아니요."

"집에 계시면 엄마에게 아침에 깨워달라고 하면 되지 않겠니?"

어른들은 자기 생각대로만 말한다.

"자꾸 이러면 엄마와 상담이라도 한번 해야겠다."

"엄마…… 안 계신데요."

"뭐? 안 계시다니?"

"가정환경조사서……에 써 냈는데요……."

담임 선생님은 상담을 하자고만 하고 상담을 제대로 준비하지 않은 게 분명해졌다. 사전에 적어 낸 자료들은 제대로 보지도 않았으니 말이다. 담임 선생님의 초점은 온통 지각이라는 학교 부적응 징조와 그에 대한 적절한 벌칙에 집중되어 있는지도 모른다.

"그…… 그랬니? 선생님이 상담 전에 미처 다 읽어보지 못해서 말이다. 보통 아이들은 다 엄마랑 같이 사니까. 그러려니 했지."

보통 아이들은 다 엄마가 있는데 심아경은 없었다. 모두가 눈이 두 개라서 너도 눈이 두 개인 줄 알았는데, 이제 보니 눈이 하나밖에 없었네? 담임 선생님이 그렇게 말하고 있는 것 같았다. 심아경은 또다시 혹이 되었다. 보통 아이들과 달라서, 눈이 하나밖에 없어서 제대로 섞이지 못하는 혹. 담임 선생님은 상담 전에 학생의 자료도 제대로 읽지 않은 채 학생을 대한 것이 무안했는지 조금 당황하는 눈치였다. 그러나 이내 평상심을 되찾은 듯 말을 계속했다.

"엄마는 어렸을 때 돌아가셨니?"

"아니요."

"그럼…… 왜 안 계신 거니?"

"저 초등학교 다닐 때 이혼하셨어요."

"이를 어째, 쯧쯧."

고개를 푹 숙이고 있던 심아경은 잠시 고개를 들고 담임 선생님의 얼굴을 빤히 쳐다보았다. '이를 어째, 쯧쯧.' 그것은 어릴 때부터 수도 없이 들어왔지만 조금도 익숙해지지 못한, 전혀 편안해지지 않는 말이었다. 담임 선생님이 하는 '이를 어째, 쯧쯧'은 다른 사람들이 이때까지 해온 '이를 어째, 쯧쯧'보다 조금도 더 따뜻하거나 편안하지 않았다.

"아경아. 아빠가 힘들게 딸을 혼자 키우시는데 네가 좀 더 잘해야 하지 않겠니? 매일같이 지각하고 하루 종일 수업 시간에 졸고 그런다면 아빠가 얼마나 속이 상하시겠니? 아빠가 혼자 딸 키우는 것도 힘들 텐데, 좀 자랑스러운 딸이 되어드려야지."

담임 선생님의 말은 '엄마도 없고'로 시작해서 '아빠 혼자 키우시는데'로 끝나고 있었다. 그 말밖에는 할 말이 없는 사람 같았다. 심아경은 그냥 고개만 숙인 채 가만히 있었다.

그녀는 언제나 이렇게 말하고 싶었다.

— 난 심아경이에요. 엄마 없는 애, 아빠 혼자 키우는 애가 아니라 심아경이요. 그냥 심아경으로만 봐주면 안 돼요?

하지만 아무 말도 하지 않았다. 그 누구도 심아경의 마음에 귀 기울여 주지 않을 테니까. 그녀는 자신을 바라보는 불편한 시선으로부터 숨고 싶을 뿐이었다. 세상을 원하는 대로 변화시킬 수 없다면, 차라리 세상이 원하는 방식대로 존재할 수 있어야 사는 게 훨씬 쉬울 것이다. 눈 두 개를 원하면 눈 두 개를 달고 다닐 수 있어야 한다. 세상이 원하는 방식대로 존재할 수 있다면 불편한 시선을 느끼게 될 일도 없을 텐데. 하지만 심아경은 세상을 변화시킬 수도, 세상이 원하는 모습으로 존재할 수도 없었다. 눈이 두 개 달린 사람들이 사는 세상에서 눈 하나를 가지고 있는 그녀는 세상으로부터 그저 달아나고 싶을 뿐이었다.

2

"야, 심아경!"

심아경은 자신을 부르는 거친 목소리에 가슴이 철렁 내려앉았다. 그날 아침에도 꿈속에서 그녀를 깨우던 목소리, 하루 종일 깊은 수렁처럼 발목을 잡아당기던 졸음도 한순간에 다 쫓아내버릴 만큼 강력한 힘을 가진 목소리, '야, 심아경!'

그 소리에 심아경은 정신이 번쩍 들었다.

"어…… 지수야. 불렀어?"

"불렀으니까 네가 돌아보지. 그치 않냐?"

"으……웅."

"야 심아경. 오늘 너 교실 청소 좀 해라."

"왜……에……?"

"왜긴 왜야. 내가 벌 청소를 해야 하는 날인데, 오늘 내가 좀 피곤하시단 말이지. 네가 대신 좀 해."

"그…… 그래. 알았어."

"깨끗하게 해라~. 제대로 안 해서 나 걸리게 만들면! 알지?"

심아경은 고개를 주억거렸다. 7교시의 험난한 하루 일과를 비몽사몽간에 보낸 아경에게 또 한 번의 험난한 과정이 남아 있는 셈이었다. 부랴부랴 대걸레를 빨아서 교실로 오는 길에 보니 박지수가 중3 남자애와 함께 복도에 서서 이야기를 하고 있었다. 지수는 아경이 대걸레를 들고 다가오는 것을 발견하고는 이죽거렸다.

"대세 오빠, 쟤야. 내가 청소시킨 애가. 딱 봐도 띨빵하지? 호호

숨을 곳은 없다 49

호. 초딩 때는 저렇게까지 떨빵하지 않았는데 갈수록 떨빵해지는
거 있지."

중3 남자애는 킥킥거리며 아경을 쳐다보더니 지나가는 아경의
뒤통수에 대고 장난스럽게 말했다.

"아그야, 청소 열심히 해라~~잉!"

"오빠, 존나 웃겨. 키키키."

지수와 지수의 남자친구는 그렇게 아경의 등 뒤에서 킥킥거리
며 아경을 놀려댔다. 심아경은 머릿속이 하얗게 되는 것처럼 긴장
되었다. 지수의 남자친구인 정대세는 학교에서 제법 유명한 애였
다. 1학년 때부터 이미 사고를 치기 시작했는데, 최근에도 강제전
학을 받을 뻔하다 겨우 구제를 받은 애였다. 주먹을 곧잘 써서 아
이들 사이에서는 일진으로 통했다. 지수는 언제부터인가 그 남자
애와 붙어 다니기 시작했는데, 그것은 지수가 다른 여자애들과 붙
어 다니는 것보다 훨씬 더 두려운 일이있다. 감당할 수 없는 힘의
기운이 전해져왔기 때문이다.

창밖으로 아파트들이 보였다. 즐비한 아파트들 뒤 어딘가에 어
제 올라갔던 2단지의 아파트도 있을 텐데, 하는 마음으로 심아경
은 창밖을 잠시 바라보았다. 문득 어제 옥상에서 본 남자애가 생
각났다.

─아 참, 걔는 옥상에서 내려왔을까? 걔는 왜 옥상에 온 것일

까? 혹시 옥상에서…… 무슨 일이라도 저질렀으면 어떻게 하지?

잘 알지도 못하는, 한 번밖에 본 적이 없는 남자애에 대한 염려가 스쳐 지나갔다. 그러는 사이에도 심아경은 열심히 걸레질을 했다. 걸레질을 하고 있으려니 그 애와 부딪쳐 넘어졌을 때 일이 또 떠올랐다.

"자 일어나!"

이렇게 말하는 그 애 목소리는 겉으로 퉁명스럽기는 했지만 왠지 차갑게 느껴지지가 않았다. 커다랗고 따뜻한 손이었다. 나에게도 이렇게 든든하고 따뜻한 손을 내밀어주는 사람이 단 한 사람이라도 있었으면 좋겠다는 생각을 했다.

계속해서 걸레질을 하면서 바닥을 닦고 창틀을 닦고 책상을 닦았다. 영원히 이렇게 아무런 간섭도 받지 않고 청소나 하고 있었으면 좋을 듯싶었다. 청소를 하는 동안은 아무도 자기를 건드리지 않을 것 같았다. 그러나 청소하는 시간은 금세 지나가버렸다. 거의 마무리가 되어가자 지수가 들어왔다.

"됐어. 이제 그만해도 되겠어. 선생님한테 검사해달라고 해야겠네."

지수는 상담실로 내려가서 선생님을 불러왔다. 담임 선생님이 교실을 천천히 훑어보자 지수가 옆에서 잘난 체를 했다.

"어떠세요? 깨끗하게 했죠?"

"그래. 이만하면 깨끗하게 했네. 오늘 청소로 상점 3점 받아서 벌점을 깎았으니 말일까지 10점만 더 깎으면 징계위원회 안 넘어갈 수 있다. 넌 공부는 잘하는 애가, 왜 그렇게 복장 때문에 벌점을 쌓니? 복장에 신경 써라. 알았니?"

담임 선생님은 다정한 목소리로 말했다. 선생님들은 언제나 공부 잘하는 애들에게는 친절한 법이다. 지수가 공부를 잘한다는 건, 그래서 선생님들이 지수를 제법 모범적인 아이로 대우한다는 것은 '개그'처럼 웃기는 일이었다.

"네!"

지수는 기분이 좋은지 싱긋 웃으며 책가방을 들고 나섰다. 담임 선생님은 지수 옆에 어정쩡하게 서 있던 심아경을 뒤늦게 의식하고는 알은체를 했다.

"너는 왜 아직 안 갔니?"

그때 지수가 책가방을 들고 교실 문을 나서다가 돌아보며 심아경에게 눈짓을 했다. 혹시라도 심아경이 바른말을 할까 봐 감시하기 위해서였다.

"아…… 저…… 뭘…… 안 가져간…… 게 있어서…… 다시 왔어요."

"왜 그렇게 덜렁대니? 어서 찾아가라."

"네……에."

심아경은 허둥지둥 책가방을 챙겨가지고 나와 교문까지 뛰었다. 어서 학교를 벗어나고 싶었다. 계단을 뛰어 내려가 운동장을 가로질러 교문으로 갔다. 학생들이 대부분 하교를 한 후라 학교는 적막하기 이를 데가 없었다. 마치 긴 터널을 빠져나오듯 학교를 빠져나온 아경은 터벅터벅 인도를 걸었다. 하지만 안전한 곳은 없었다. 심아경은 계속 불안하기만 했다. 학교에서는 벗어났지만 학교 밖 세상 역시 버겁기는 마찬가지였기 때문이다. 한 발짝을 떼면 바로 그다음 순간이 두려워졌다. 또 한 발짝을 떼도 다음 순간이 또 두려웠다. 걸음이 자꾸 느려졌다. 자신도 모르게 주변을 슬그머니 돌아보곤 했다. 심아경의 예감은 적중했다. 학교를 벗어나 얼마 가지 않아서 심아경은 다시 지수와 맞닥뜨렸다. 언제나처럼 지수 뒤에는 지수 친구들이 우르르 몰려 있었다.

"야 심아경!"

"어……."

"집으로 가나?"

"으……웅."

"오늘도 같이 놀까?"

"……."

심아경은 숨이 멎을 것 같았다. 지난밤 지수와 지수 친구들과 함께 있던 시간이 악몽처럼 떠올랐다.

"아니…… 지수야. 오늘은 나…… 그…… 그냥 집……에 가면 안 될까……? 제발…….”

“푸하하하. 너 또 울겠다.”

지수 옆에 이은주, 유진희도 웃음을 터뜨렸다. 무슨 말을 해야할지 안절부절못하는 심아경의 등에서 식은땀이 흘렀다. 심아경은 용기를 내서 겨우 물었다.

“……나, 가도 되……니?”

“얘들아. 이 찐따 보내줄까?”

지수가 친구들의 의견을 물었다. 지수 친구들은 장난치듯 소리를 쳤다.

“그냥 보내주면 싱겁지!”

“그래, 그래. 그냥은 안 되지! 킥킥.”

지수는 친구들 사이에서 여왕이라도 된 양 심아경에게 은혜를 베풀어주자고 말했다.

“얘들아, 오늘은 그냥 보내주자.”

“지수가 그렇게 말하면 할 수 없지. 보내줘.”

아이들은 지수의 말에 언제나 쉽게 복종한다. 그런 지수가 심아경은 대단하게 느껴지기도 했다. 그런 지수가 은혜를 베풀 듯 보내준다고 하니 심아경은 감동이라도 해야 할 것 같은 느낌이었다.

“고…… 고마워. 정말.”

“다음에 꼭 같이 놀자. 어제도 재밌었잖아. 그치? 이제 가봐.”

"으…… 응……, 그래."

심아경이 돌아서 가려는데 갑자기 지수가 또 불렀다.

"야! 심아경!"

"으…… 응."

"너 준비는 하고 있지?"

"뭐…… 뭘?"

"돈 좀 만들어놓으랬잖아."

"그…… 그게…… 내가…… 무슨 돈이…… 있어."

"뭐라고?"

지수는 눈을 부라렸다. 불을 뿜는 용처럼 지수의 입에서 금방이
라도 불이 솟아나올 것 같았다. 심아경은 입술이 말랐다. 바짝바짝
타들어가는 윗입술과 아랫입술이 따가울 지경이었다. 지수가 심
아경에게 바짝 다가서더니 손가락으로 심아경의 한쪽 어깨를 툭
툭 쳤다.

"야, 야. 심아경. 또 징하게 놀아봐야 알겠니? 오늘 밤 또 갈래?"

"아…… 아니야……. 돈, 만들게……."

"옳지. 진즉에 그렇게 알아들어야지. 빨리 만들어라~잉?"

"어……어."

심아경은 또 고개를 주억거렸다. 그 모습을 보고 지수와 지수
친구들은 까르르 웃으며 건너편 인도로 걸어갔다. 심아경은 가방

을 가슴에 끌어안은 채로 지수와 지수 친구들이 사라진 인도의 반대편으로 정신없이 달리기 시작했다.

심야경 따위는 없었다. 세상이 기억하고 싶어 하지 않는 혹이 있을 뿐이었다. 그녀 역시 세상을 기억하고 싶지 않았다. 어디에도 아경이 숨을 곳은 없었다. 그래서 옥상으로, 아니 옥상 너머의 세계로 멀리 사라지고 싶을 뿐이었다.

그 새끼, 눈빛

1

그날 오후 그, 강아경은 학원 부근에서 어슬렁거렸다. 배가 몹시 고팠다. 전날 밤 친구가 준 피자 조각을 먹은 후로 아무것도 먹지 못했다. 그는 학원 앞으로 가서 친구들이 나오기를 기다렸다. 학원 셔틀버스를 관리하는 주차요원 아저씨나 경비 아저씨와 마주치지 않도록 조심하면서 말이다. 아저씨들은 모두 강아경의 얼굴을 알고 있기에 그를 발견하는 순간 바로 엄마에게 연락을 할 게 분명했다. 엄마가 미리 아저씨들을 포섭해놓았을 테니까. 그래서 우선 1층 화장실에 숨어 있다가 벨소리가 나고 학생들이 우르르 나오는 소리가 들릴 때 복도로 나와 아이들 속으로 숨어들었다. 특히 학원 선생님을 조심해야 했다. 혹시라도 아경을 발견하면 바로 엄마에게 연락을 하거나 아경을 잡으러 달려들지도 모를 일이었다. 선생님과 마주칠까 조심하면서 친구들을 기다리는데 엉뚱한 녀석이 먼저 나타났다.

"야, 강아경!"

정대중이었다.

"웬일로 네가 알은체를 하냐?"

뜻밖이었다. 눈이라도 마주치면 두 번 다시 보기 싫은 사람을 대하듯 노려보던 녀석인데 먼저 인사를 하다니. 대중은 강아경과 같은 초등학교를 나왔는데, 한 번도 같은 반이 된 적은 없었다. 그렇다고 해서 서로 전혀 모르는 사이냐 하면 그건 또 아니었다. 같이 놀거나 어울리지는 않았지만 누구보다 서로에게 관심이 많은 사이라고나 할까. 특히 대중이 강아경에게 관심이 많았다. 강아경 자체가 아니라 그의 성적에 말이다. 대중의 별명은 '영전이'였는데, 영원한 전교 2등이란 뜻이었다. 그런데 공부에 욕심이 많은 대중이가 초등학교 내내 1등을 하지 못하고 전교 2등에 눌러앉게 된 것은 바로 강아경이라는 벽 때문이었다. 툭하면 올백을 맞곤 하는 강아경이라는 벽을 대중은 한 번도 넘어보지 못한 것이다.

"너 가출했다며?"

대중이 아경에게 물었다.

"그래."

"너 가출했으면 돈 필요하겠다."

"네가 무슨 상관이냐?"

"내가 좀 빌려줄까?"

강아경은 예상 밖의 말을 듣고 대중을 바라보았다.

― 얘가 갑자기 왜 나에게 친절하게 굴지?

대중의 돈은 치사해서 받지 않으려다가 까짓 거 좀 받으면 어때, 싶어서 결국 대중이 건네주는 배춧잎 색깔의 지폐 석 장을 받아들었다. 대중은 마치 강아경의 가출 기간 연장을 적극적으로 도와주어야 하는 이유라도 있는 사람 같았다. 어쨌든 고맙다, 하고 멋쩍게 돌아서는데 대중이 등 뒤에서 말했다.

"강아경! 네 시대도 이제 끝인가 보다. 지난 1학기 기말고사 망치더니만, 이제는 가출까지 하고 돌아다니는데 공부 되겠냐? 앞으로 전교 1등은 내가 접수할 거다. 두고 봐라."

"쳇."

강아경은 가다 말고 돌아서서 무슨 말로 대중의 속을 긁어줄까, 하고 그 짧은 순간에 머리를 짜내어 이렇게 대꾸해주었다.

"그깟 전교 1등은 나 싫증났으니까 너나 가져라. 내가 가지고 놀던 헌건데 괜찮냐?"

"뭐?"

"그런데 넌 지난 기말고사 때 내가 빠져주었는데도 1등 못하더라. 줘도 못 먹냐? 내가 싫증나서 버린 전교 1등?"

"이 자식이!"

대중의 주먹이 올라왔다. 그러나 공부만 하느라 비리비리한 대중의 주먹은 운동으로 다져진 강아경에 비해 여리기만 했다. 강아경은 대중의 힘이 잔뜩 들어간, 그러나 여자 손처럼 가녀린 손을 자신의 오른손바닥으로 튕겨내며 말했다.

"주먹으로는 더 상대가 안 될 텐데? 어쨌든 이 돈 고맙다. 언젠가 갚을 거니까 걱정 말고 공부나 열심히 해라."

그때였다. 친구들이 엘리베이터 앞으로 나오는 게 보였다. 강아경은 친구들 사이에 숨어서 학원을 빠져나갔다. 그러나 반가운 것도 잠시였다. 친구들은 모두 이제 그만 집으로 돌아가라고 성화들이었다. 친구들조차 자신의 마음을 이해해주지 않는 것 같아 그는 더 의기소침해졌다.

"야, 그만해. 이제 공부하기 싫단 말이야. 엄마에게 맞아가면서 공부하는 게 어떤 기분인지 아냐? 우리 엄마는 회초리 들고 옆에서 감시하면서 밤새 공부시킨다. 조금만 졸아도 바로 회초리 날아온다고. 난 공부하는 기계가 아니야."

"그렇게 시키니까 공부 잘하게 된 거잖아. 만날 전교에서 놀고……. 우리도 그런 성적 한 번만 받아봤으면 소원이 없겠다."

"나 1학기 중간고사 때 수학 90점 맞고 엄마에게 엄청 맞았다."

"90점? 수학이 그런 점수가 가능해? 난 50점만 넘어도 좋겠다."

"그런데도 우리 엄마는 그건 내 점수가 아니란다. 겨우 90점에 턱걸이하는 건 내 점수가 아니라는 거야. 문제가 서술형으로 바뀌어서 조금씩 떨어질 수밖에 없는 건 생각도 안 해. 그래서 아예 그 다음 시험을 망쳐버렸지. 엄마 하라는 대로 하기 싫었거든."

"킥킥. 만약에 내가 90점 받았으면 우리 아빠는 당장 휴대폰을 새 모델로 바꿔주었을 텐데."

전교 1등이라는 타이틀도 엄마의 자랑일 뿐 그의 기쁨은 아니었다. 사랑이라는 이름으로 가해지는 엄마의 강요는 그에게 폭력의 다른 모습일 뿐이었다. 엄마는 강아경에게 풀 수 없는 족쇄처럼 느껴졌다. 엄마에게 잘 맞는 사람은 지금 군대에 가 있는 형이었다. 어릴 때부터 엄마는 항상 주변 사람들에게 말하곤 했다.

"형은 시키지 않아도 알아서 다 하는데 아경이는 시켜야 겨우 해요. 형은 욕심이 많아서 스스로 악착같이 공부하는데……."

그러면 사람들은 엄마 말에 장단을 맞추어주곤 했다.

"시켜서 억지로 하는데도 전교 1등이에요? 대단하네요."

그제야 엄마는 흡족한 듯이 호호호, 하며 웃곤 했다. 강아경은 그럴 때마다 엄마가 싫어졌다.

― 엄마는 나를 위해서가 아니라 자기 욕심을 채우고 싶은 거야.

이런 생각이 들 때면 엄마가, 공부가 더 싫었다. 형은 지난해에 엄마의 기대대로 최고 명문대학 최고 명문학과에 진학했다. 그 후로 강아경에 대한 엄마의 잔소리는 더 심해졌다. 네 형처럼만, 네 형 반만이라도 너 스스로 좀 알아서 해봐라. 늘 이렇게 말하는 엄마 눈에는 그가 죽을힘을 다해 노력을 해도 늘 부족해 보이는 듯했다.

　지난 1학기 기말고사 성적이 나오는 날. 강아경은 엄마에게 회초리를 맞았다. 정오표에는 수학 객관식은 1번으로 통일되어 있고 서술형은 완전히 빵점으로 나와 있었다. 아경이 1번으로 통일해서 찍고, 서술형 문제의 답안지는 백지로 내었기 때문이다.

　"수학이 90점으로 떨어지더니, 이제 아예 풀지도 않고 번호 통일해서 답안 체킹하고! 커서 뭐가 되려고 이따위 짓을 했니? 비싼 돈 내고 학원 다니고 과외 선생님 붙여주었더니 일부러 시험을 망치려고 작정을 하고 덤비니? 네 형은 과외 같은 거 안 하고도 얼마나 열심히 했는지 아니? 이래 가지고 형 다니는 대학은커녕 그 밑의 수준에라도 갈 수 있겠니?"

　이해할 수 없었다. 대학은 아직 먼 장래의 일이었다. 아직 5년이나 남아 있는데, 엄마는 마치 며칠 후의 일인 것처럼 안달복달을 하는 것이었다. 강아경은 이를 악물고 말대꾸 한마디 하지 않고 엄마의 회초리를 맞았다. 아무 말도 엄마에게 하고 싶지 않았기 때문이다. 엄마와는 말도 섞기 싫었다. 하지만 엄마는 할 말이 많은 모양이었다. 끝도 없는 설교가 이어졌다. 귀가 윙윙거렸다. 머리가 아팠다. 엄마가 무슨 말을 하고 있는지 알 수 없었다. 시끄러웠지만 아무 소리도 알아들을 수가 없었다. 아니 알아듣고 싶지 않았다. 강아경은 멍하니 게임 생각이나 하면서 엄마가 히스테리를 부리는 동안을 견뎌낼 수밖에 없었다.

그때 일을 생각하니 아무리 가출 생활이 힘들어도 감옥과 같은 집으로 돌아가고 싶지 않았다. 하지만 친구들과 함께 오래 있을 수는 없었다. 새 학기를 시작한 지 얼마 안 된 친구들은 하나둘 일찌감치 집으로 돌아갔다. 학습지다 과외다, 저녁 일정들이 그들을 기다리고 있었기 때문이다. 강아경 역시 얼마 전까지만 해도 학원에서 돌아와 저녁식사를 기다리며 공부를 하곤 했다. 저녁식사를 하고 나면 과외 선생님이 오셨고, 과외 선생님이 가신 다음에는 엄마의 감시를 받으며 공부를 계속해야 했다. 바로 옆에서 감시하는 엄마 때문에 졸지도 못했다. 학원을 빠지거나 농땡이를 부리거나 하면 엄마의 회초리가 엉덩이와 허벅지로 사정없이 날아오곤 했다. 살이 하얀 아경의 엉덩이와 허벅지에는 금세 검붉은 회초리 자국이 생기곤 했다. 하지만 집을 나온 지금은 자유로웠다. 이제 그에게 이래라 저래라 간섭하거나 그의 시간과 마음을 지배할 사람은 없었다.

친구들과 헤어진 아경은 자신도 모르게 주택단지 쪽으로 걷고 있었다. 저녁시간이 되자 오늘 밤은 어디에서 자나 하는 걱정이 스멀스멀 되살아났다. 대중이 준 돈으로 저녁밥을 두둑이 먹어두었기 때문에 배는 고프지 않았으나 잠자리가 걱정이었다. 가출 생활도 그리 만만한 것은 아니었다. '이제 그만 집으로 들어가라'는 친구들의 충고가 귀에 얼얼할 정도로 남아 있었다.

— 이렇게 떠도는 것과 집에서 엄마에게 맞으면서 공부하는 것 중에서 어떤 것이 더 힘든 것일까?

강아경은 문득 자문해보았다. 하지만 집에서나 밖에서나 정말 힘든 것은 몸이 아니라 바로 '마음'이었다. 친구들은 많았지만 정작 마음을 다 터놓고 이야기하기에는 무언가 벽이 있었다. 친구들은 그저 전교 1등인 아경을 부러워할 뿐이었다. 아무리 엄마 때문에 힘들다고 이야기해보았자, 친구들에게는 배부른 고민으로밖에 여겨지지 않는 모양이었다. 잘난 범생이의 푸념 정도로 말이다.

"그래도 너는 전교 1등이잖아. 우리도 그런 점수 한 번만 받아봤으면 소원이 없겠다. 만약에 내가 90점 받았으면 우리 아빠는 당장 휴대폰 바꿔주었을 텐데……."

친구들의 말을 곱씹을수록 강아경은 왠지 마음이 허전해질 뿐이었다.

— 결국 친구도 의미가 없는 것일까……?

강아경은 이어폰을 꽂고 음악을 들으면서 걸었다. 그러자 '집으로 들어가라'는 친구들의 목소리가 더 이상 들리지 않았다. 주택 단지로 들어서기 전에 나오는 근린공원으로 터벅터벅 들어서자 더위에 지친 나무들이 저녁 그늘 아래서 숨을 고르고 있었다. 산책로를 따라 걷다가 문득 잔디밭에 모여 있는 애들에게로 시선이 갔다. 남자애들 세 명과 교복 치마를 한껏 접어 올려 짧게 만든 일명 '똥꼬치마'를 입은 여자애가 보였다. 그들과의 거리가 점점 가까워지자 담배 연기가 진동을 했다. 자기도 모르게 인상이 찌푸려졌다. 담배 연기를 피해 고개가 돌아갔다. 그때였다.

"야! 거기 서 봐."

그러나 아경은 제대로 듣지 못했다. 이어폰을 끼고 있었기 때문이다. 그런데 폭을 한껏 줄여서 타이즈처럼 딱 붙는 교복 바지를 입은 남자애가 자기를 향해 집게손가락을 까딱거리고 있는 것이 보였다. 눈이 뱁새같이 찢어진 모양이었다. 강아경은 낌새가 이상해서 이어폰을 빼보았다. 그러자 쩌렁쩌렁 욕설이 들렸다.

"야, 이 새끼야. 내 말이 안 들리냐? 이리 오라고!"

강아경은 조금 긴장이 되었지만 손가락질 하나에 호락호락 따라갈 수는 없었다.

"용건이 있으면 네가 와라."

"뭐? 이 새끼 봐라."

손가락질을 하던 남자애가 다른 남자애 두 명과 똥꼬치마를 입은 여자애를 우르르 끌고 강아경에게 다가왔다. 그들이 가까이 다가서자 담배 냄새도 함께 진해졌다. 강아경은 태연한 척했지만 등 뒤로는 벌써 식은땀이 흘렀다. 상대 남자 애들은 세 명이었고 자기는 혼자였기 때문이다. 자기도 모르게 주먹을 꼭 쥐게 되었다. 여차하면 튀어야겠다고 마음먹었다. 그러나 만만해 보이지 않기 위해서 최대한 태연한 척 당당한 표정을 지었다. 손가락질을 한 녀석, 그리고 바로 그 뒤에 따라온 녀석과 맨 뒤에 모자를 쓴 녀석. 세 명의 얼굴을 강아경은 빠른 속도로 일별했다. 손가락질을 한 녀석 바로 뒤에서 거드름을 피우는 녀석이 대장인 것 같았다. 그 대장 같은 녀석이 앞으로 나서며 강아경에게 물었다.

"너 어느 학교 다니냐?"

"H중."

"허 그래? 몇 학년이냐?"

"2학년이다."

"이 새끼 중2병이 심하구만. 너는 네 선배한테도 말까냐? 너 왜 야리고 지나가냐? 왜 기분 나쁘게 쳐다보냐고."

"담배 냄새가 싫어서 그랬습니다."

강아경은 학교 선배라는 말에 하는 수 없이 존대를 하며 대답했다.

"담배 냄새가 싫으셔? 이 새끼 존나 재수 없네. 그런데 또 기분 나쁘게 왜 이렇게 키는 크냐? 대세야, 얘 키 좀 맞춰줘라."

대장 녀석은 손가락질을 하던 녀석을 대세라 부르며 강아경을 인계했다. 그러자 대세라고 불린 녀석이 앞으로 나서며 기분 나쁘게 히죽거리는 표정으로 강아경을 쳐다보았다. 대세라는 녀석의 눈은 중학생의 것이 아니라 서른 살도 넘은 아저씨의 눈처럼 닮아 있었다. 많은 것을 아는 눈빛, 담배도 술도 여자도 다 알아버려서 이미 세상을 다 안다는 거만함이 묻어 있었다. 거기에 중딩이라는 나이가 주는 거침없는 장난기까지 들어 있었다. 그 대세가 갑자기 강아경의 다리를 걷어차며 꿇어앉혔다. 강아경은 무릎을 차이자 풀썩 다리가 풀려 엉거주춤 앉아야 했다. 그제야 일배가 아경을 내려다볼 수 있었다.

"역시 우리 대세라니까. 이제 좀 키가 맞네. 대세야, 네가 내 대신 손 좀 봐주라."

일배가 아경을 걷어찬 대세를 부추기며 칭찬을 했다. 대세는 체격이 다부지고 몸이 단단해 보였다. 키도 제법 큰 편이었다. 대세의 뒤에는 똥꼬치마를 입은 여자애가 껌을 짝짝 씹으며 실실 웃고 있었다. 대세는 강아경의 뺨을 일단 때리고 시작했다.

촤악!

요란한 소리를 내며 대세의 손바닥이 강아경의 뺨을 가격했다. 순간 강아경은 정신이 어질어질했다. 매서운 손이었다. 함부로 붙었다가는 도리어 당할 수가 있기 때문에 강아경은 저항하지 못했다. 그냥 몇 대 맞고 조용히 끝내야겠다 싶었다. 더구나 상대방은 선배였다. 참을 수밖에 없다고 생각했다. 그러나 오랜 운동으로 다져진 강아경은 조금도 자세를 흐트러뜨리지 않고 꼿꼿하게 앉아 있었다. 그러자 대세는 약이 좀 오르는지, 다시 강아경의 뺨을 때렸다.

촤악!

처음 것보다 좀 더 힘이 들어가 있었다. 그래도 강아경은 입술을 지그시 깨물면서 조금도 자세를 흐트러뜨리지 않았다. 그제야 대세가 물었다.

"너 이름이 뭐냐?"

"강아경이요."

"강아경?"

그때 일배와 대세 뒤로 비껴서 있던 모자를 쓴 남학생이 조금 놀란 듯이 한 발 앞으로 나와 강아경의 얼굴을 뚫어져라 쳐다보았다. 강아경도 그 애와 눈싸움에 지지 않으려고 마주 쳐다보았다. 그때 대세가 신경질적으로 다시 나섰다.

"이 자식, 눈에 힘 안 빼나?"

그러고는 세 번째로 강아경의 뺨을 가격했다. 세 번째 대세의 손바닥이 날아오자, 강아경은 자신도 모르게 입술 밖으로 소리를 내고 말았다.

"아…… 씨!"

그러고는 자기도 모르게 반사적으로 벌떡 일어서버렸다. 그러자 일배가 눈을 부릅뜨고 말했다.

"이 새끼 '씨'라고 했냐! 대세야 안 되겠다. 제대로 손 좀 봐줘야겠다. 지 학교 일진도 몰라보는 또라이 놈."

일배가 강아경의 무릎을 걷어찼다. 강아경의 오른쪽 다리가 자기도 모르게 움찔거리며 발차기를 하려다 말았다. 오랜 태권도로 다져진 조건반사였다. 그때 모자를 쓰고 있는 녀석이 슬그머니 일배를 말리고 나섰다.

"일배 형, 오늘은 그만 보내주자."

"성민아, 왜? 이 자식 손 좀 봐주자니까."

싸움을 말리는 모자 쓴 녀석의 이름이 '성민'인가 보았다.

"그만하자. 피곤하잖아."

"뭐가? 이 자식 편드는 거냐?"

"편드는 게 아니고…… 강아경이라면…… 얘가 걔야."

"걔라니?"

"그…… 내가 말했던…… 초딩 때 레전드……."

성민이 일배 귀에 속닥거리는 소리가 중간 중간 끊어지면서 들렸다. 강아경은 성민의 옆얼굴을 빤히 쳐다보았다. 아는 얼굴 같기도 했다. 성민이 뭐라 했는지 일배는 슬그머니 꼬리를 내리는 눈치였다.

"임마, 재수 좋은 줄 알아. 오늘은 바빠서 그만 가야 하니까 곱게 보내주는 거다. 하지만 다음에 걸리면 그때는 얄짤없다."

강아경은 아무 대꾸도 하지 않았다. 일배와 성민은 대세의 어깨를 툭툭 치며 가자는 시늉을 했다. 한껏 장난기가 달아오르려던 대세는 싫다며 몸을 뺐지만 일배와 성민이 가자고 채근하는 바람에 하는 수 없이 똥꼬치마를 입고 있는 여자친구를 부르며 돌아섰다.

"지수야, 가자!"

똥꼬치마는 계속해서 껌을 짝짝 씹으며 대세의 손을 잡고 따라나섰다. 대세는 가다 말고 강아경을 돌아보았다. 강아경은 미동도 하지 않고 선 채로 그 눈을 마주 보았다. 적극적인 저항은 하지 않았지만 일방적으로 꿀리기는 싫었기에 강아경은 눈도 한 번 깜빡거리지 않고 대세를 마주 보았다. 대세의 뱁새처럼 찢어진 눈이 번들거렸다. 대세는 강아경이 먼저 눈을 내리기 전에는 절대로 가지 않겠다는 듯 똑바로 서서 강아경을 노려보았다. 결국 강아경은 끝까지 버티지 못하고 시선을 돌려버렸다. 그제야 대세는 돌아서 갔다. 강아경의 등에서는 계속해서 땀이 흘렀다. 더위 때문인지 아니면 긴장한 탓에 흐르는 식은땀인지 알 수 없었다.

　그들이 수군대는 소리가 들렸다.

　"레전드가 어쨌단 거야?"

　"초딩 때 그 전설의 주먹 말이야. 나 그놈한테 맞고 깨져서 열흘이나 병원에 있었다고. 내 평생 그런 주먹은 처음이었어. 몸을 날려서 그대로 박아버리더라니까. 그게 저 자식이야."

　고개를 돌리고 있던 강아경은 녀석들의 소리가 한참 멀어진 다음에서야 천천히 녀석들이 사라진 쪽을 바라보았다. 이미 그들의 모습은 한참 작아진 점이었다.

　"휴우……."

　강아경은 온몸에 잔뜩 들어가 있던 긴장감이 확 풀려나갔다.

2

　또다시 혼자 남은 강아경은 공원을 어슬렁거렸다. 집에서 생활할 때는 그토록 시간이 부족했는데, 가출을 한 이후에는 그 시간이 너무나 많아서 주체할 수가 없었다. 친구들에게 톡을 보낼까하다가 그것도 그만두었다. 함께 놀고 공부하던 친구들조차 조금씩 멀게 느껴졌다.

좀 전에 대치했던 녀석들의 얼굴을 하나씩 떠올려보았다. 일배라는 녀석은 힘은 별로 못 쓰는 것 같았지만 마치 대장처럼 행동하고 있었다. 싸움도 못하게 생겼는데 큰소리만 치는 게 허세가 많았다. 대세란 녀석은 키도 제일 크고 힘도 제일 세 보였는데 일배가 시키는 대로 움직이는 것 같았다. 하지만 대세는 만만한 녀석이 아니었다. 마지막까지 노려보던 대세의 눈빛이 아직도 강아경의 뇌리에 선명하게 남아 있었다. 일배를 형이라고 부르며 싸움을 말리던 성민이란 녀석은 중2인 것 같았다. 성민은 일배가 한 학년 선배이다 보니 더욱 일배에게 설설 기는 눈치였다. 그런데 성민이는 강아경을 아는 게 분명했다. 강아경 역시 모자를 쓰고 있던 성민이가 낯이 익은 것 같아 한참을 골몰하다가 드디어 한 아이의 얼굴을 기억해냈다.

초등학교 5학년 여름이었다.

어느 날 웬 놈이 강아경의 교실을 찾아와서 다짜고짜 외쳤다.

"누가 강아경이냐?"

여자애들이 겁먹은 표정으로 그놈을 쳐다보았다. 강아경은 교실 맨 뒤에서 긴 '기럭지'를 펼쳐놓은 듯 앉아 있다가 일어섰다.

"내가 강아경인데 왜 그러냐?"

"네가 제일 세다며? 나와 한판 붙자."

강아경은 피식 하고 웃었다. 하루가 멀다 하고 힘겨루기를 하자며 덤비는 놈들이 너무 많았다. 아경은 싸움질을 하지는 않았지만 체육대회마다 두각을 드러내는 데다 전교에서 팔씨름으로 우승을 차지한 적이 있어서 힘이 세다고 소문이 자자하던 터였다. 강아경은 겨뤄보자고 찾아오는 녀석들을 일일이 상대하기도 귀찮았다. 그래서 대꾸도 하지 않은 채 급식 시간에 받아둔 딸기우유를 들고 복도로 나가버렸다. 그러자 그놈도 따라 나왔다.

"야, 기다려."

강아경은 뒤도 돌아보지 않고 계단을 내려와 성큼성큼 운동장으로 나가는데, 거기까지 놈이 따라왔다. 운동장에는 아이들이 삼삼오오 모여서 축구를 하거나 어슬렁거리고 있었다. 실내화를 신은 채로 운동장에 나선 강아경이 우유곽을 뜯어 마시려는 순간, 그놈이 소리를 지르면서 달려들었다.

"야! 강아경. 거기 서!"

그놈은 달려와서 냅다 주먹으로 강아경의 턱을 가격했다. 그 순간 강아경의 딸기우유가 운동장 바닥에 흩어지고 강아경 또한 턱이 돌아가며 뒤로 자빠져버렸다. 바닥에 부딪친 머리가 얼얼했다. 그러자 강아경을 때린 그놈은 흡족한 미소를 지으며 손을 탁탁 털며 말했다.

"별것도 아니면서 까불고 있어."

강아경은 의기양양하게 걸어가는 그놈의 뒷모습을 보자 잔뜩 약이 올랐다. 녀석은 점점 더 멀어져 갔다. 강아경의 얼얼했던 머리도 조금씩 맑아졌다. 드디어 강아경은 벌떡 일어나 그놈을 향해 소리를 질렀다.

"야!"

그놈이 뒤돌아보았다.

탁탁탁!

강아경은 그놈을 향해 미친 듯이 달려가서 마지막 순간에 휙 몸을 날렸다. 그리고 바로 다음 순간 주먹으로 그놈의 턱을 정면으로 가격했다. 깜짝 놀라 한두 걸음 뒷걸음치다가 강아경의 주먹을 맞은 그놈은 몇 미터나 날아가서 꼬꾸라지고 말았다.

털썩!

"꺄아악!"

우연히 그 장면을 목격한 여자애들이 소리를 질렀다. 나가떨어진 그놈은 한참 동안 꼼짝도 하지 못하고 누워 있었다. 운동장에 있던 애들이 쓰러진 녀석 주변으로 하나둘 모여들었다. 놈에게 한 방 먹이고 가버리려던 강아경도 그놈이 일어나지 못한 채 가만히 있자 슬그머니 가까이 다가갔다. 놈은 눈을 감은 채 죽은 듯이 누워 있었다. 강아경은 가슴이 철렁했다. 아이들이 수군거렸다.

"뭐야. 설마 죽은 거야?"

"안 움직여⋯⋯."

"성민아. 성민아."

그놈을 아는 친구들은 가까이 다가가 큰 소리로 이름을 불러대기도 했다. 한 아이가 보건실로 달려갔다.

잠시 후 보건 선생님이 달려 나왔다.

"어떻게 된 거니?"

"저 키 큰 애하고 싸웠는데 한 방 먹고 이렇게 되었어요."

애들이 서로 나서서 상황 설명을 했다. 보건 선생님은 강아경을 돌아보았다.

"강아경 아니니?"

"네⋯⋯."

강아경은 거의 들리지도 않을 정도로 기어들어가는 목소리로 대답했다.

"네가 싸움질을 했다고?"

보건 선생님은 못 믿겠다는 표정으로 물었다.

"네에⋯⋯."

성민은 계속 눈을 뜨지 못했다. 보건 선생님은 곧바로 119에 전화를 했고 몇 분 지나지 않아 요란한 사이렌 소리가 들리며 119 구급차가 등장했다. 강아경은 가슴이 벌렁거렸다.

— 죽은 걸까? 설마 죽은 건 아니겠지, 나 때문에⋯⋯.

응급실에 실려간 녀석은 다행히 생명에는 지장이 없었고 열흘쯤 입원해서 안정을 취한 후 퇴원했다. 그 사건은 크게 번질 수도 있는 폭력 사건이었지만 먼저 폭력을 휘두른 것은 그놈이었던 데다 강아경이 평소에 싸움질을 한 적이 없고 착실한 우등생이었기 때문에 선생님들의 전폭적인 배려와 보호자들 간의 합의로 무마될 수 있었다. 그것이 강아경의 처음이자 마지막 주먹질이었다. 자기가 때린 친구가 죽을지도 모른다고 생각하며 운동장에 서 있던 몇 분간의 공포가 뇌리에 선명하게 남아 그는 다시는 주먹을 쓰지 않겠다고 결심했다. 그 사건으로 얻은 초딩 시절의 또 다른 별명이 바로 '레전드'였다. 또는 '전설의 주먹'으로 불리기도 했다. 공부도 1등, 주먹도 1등인 아경을 아무도 건드리지 않았다. 그런데 그놈을 몇 년 만에 공원에서 다시 만난 것이다.

공원의 산책로를 따라 저녁 운동을 하러 나온 사람들을 구경하며 어슬렁거리고 있으려니 개와 늑대의 시간(개인지 늑대인지 분간이 안 되는 저녁 시간)이 되어갔다. 붉게 물들었던 공원 산책로에 오가는 사람들이 누구인지 잘 분간이 되지 않을 정도로 제법 어두워졌다. 늦여름의 해가 질기도록 하늘에서 위세를 떨치다가 제법 지친 듯했다. 해가 뉘엿뉘엿 저물어가니 조금 서글퍼졌다.

강아경은 터벅터벅 걷다가 잔디밭에 있는 벤치에 누군가 낯익은 얼굴이 앉아 있는 것을 발견했다. 처음엔 잘 알아볼 수 없었으나 벤치 옆에 서 있는 가로등이 환하게 저녁 어둠을 밝히자 불빛 아래 앉아 있는 사람의 얼굴이 선명해졌다.

— 아!

심아경이었다. 우연치고는 참 신기한 일이었다. 이틀 사이에 세 번이나 우연히 만나다니. 이런 걸 인연이라고 하나 싶기도 했다. 강아경은 잠시 걸음을 멈추고 그녀의 모습을 바라보았다. 세 번째 만난 그녀는 가로등 불빛을 받아서인지 제법 예뻐 보였다. 바보스럽거나 쫓기는 사람처럼 허둥대고 있지도 않았다. 그러나 슬퍼 보였다. 그것도 많이. 침묵을 깨고 강아경이 입을 열었다.

"심아경! 또 만났네!"

우두커니 앉아 있던 심아경은 갑자기 들린 목소리에 돌아보더니 이내 강아경을 알아보는 눈치였다.

"아…… 안녕하세요……."

"존댓말 하지 마. 나도 2학년인데 뭐."

"그래……."

강아경은 문득 옥상에서 이천 원을 빼앗다시피 한 것이 생각나 오해를 풀어야겠다 싶었다. 그래서 마침 잘 만났다는 듯이 주머니를 뒤져 이천 원을 꺼내어 심아경에게 내밀었다.

"자, 이천 원. 어저께 내가 가져갔잖아. 그거 갚을게."

"안 갚아도 되는데……."

"받아. 나 여자애 돈이나 뺏는 그런 놈 아니야. 그날은 좀 그랬어. 오해하지 마."

강아경은 쭈뼛거리고 서 있는 심아경의 손을 잡아끌더니 그녀의 손바닥 위에 이천 원을 올려주었다. 그제야 그녀는 이천 원을 자기 주머니에 넣었다. 강아경이 웃으며 덧붙였다.

"근데 우리 넘 자주 본다!"

이렇게 말하자 심아경의 얼굴에 살포시 미소가 번졌다. 그런 모습에 강아경도 피식 웃음이 나왔다.

"야 너 웃을 줄도 아냐?"

그러자 그녀가 이번에는 이까지 살짝 드러내고 웃었다. 그가 또 그녀에게 물었다.

"집에 가는 길이니?"

"응……. 너…… 너는?"

"아…… 난 사실 가출 중이야."

"가출?"

동그랗게 눈을 뜨고 쳐다보는 심아경을 향해 강아경은 조금 멋쩍게 웃어 보였다. 왠지 심아경에게 안 좋은 모습을 보여주는 것은 아닌가 걱정이 되었다. 갑자기 며칠째 안 갈아입은 꼬질꼬질한 옷도 신경이 쓰이기 시작했다. 아 참 세수도 안 한 것 같은데……. 이런저런 생각이 머릿속에서 바쁘게 오가는데 문득 그녀가 물었다.

"밥은?"

"밥?"

"저녁 먹었냐고."

저녁 먹었냐는 물음이 생소했다. 이제 그만 집에 들어가라, 왜 그러고 다니냐 등과 같은 말이 아니라 저녁 먹었냐는 말은 무척 따듯하게 다가왔다. 그래서 강아경은 착한 아이처럼 대답했다.

"아직……."

"배고프겠다."

"그런데 너는 어디 갔다 오는 길이니?"

"나? 나는 그냥…… 지하철 순환선 타고 계속 자다가 왔어."

이번에는 그녀가 고개를 숙였다. 그가 학원은 안 다니냐고 물었더니 그녀는 잠시 머뭇거리다가, 아빠 몰래 학원비를 다 써버려서 이번 달은 학원을 못 가고 있다고 우물쭈물 대답했다. 그녀가 왜 공원을 돌아다니냐고 묻자 그는 빙그레 웃으며 그냥 주택단지가 가까워서 그렇다고 대답했다. 주택단지에 아는 사람이 사냐는 질문에 그는 얼버무리고 넘어갔다. 하긴 강아경은 자기가 생각해도 어제 오늘 사이에 주택단지와 근린공원 주변을 배회했던 것 같다. 꼭 만날 사람이 있는 것처럼 말이다. 지난밤에는 어디서 잤니? 라는 그녀의 물음에는 옥상에서 잤다고 했다. 이번에는 그가 옥상에는 이제 안 갈 거지? 하고 묻자, 그녀는 씁쓸한 표정으로 모르겠다고만 했다. 그리고 이제 어디로 갈 거니? 하고 그녀가 묻자 이번에는 그가 난감한 표정으로 모르겠다고만 했다. 어디로 갈 건지, 어디에서 또 하룻밤을 자야 할지 막막하기만 했다. 시무룩해진 그에게 그녀가 물었다.

"옥상에서 잘 거니?"

"아…… 아니…….."

강아경은 더 착해진 목소리로 대답했다. 그녀가 따뜻하게 느껴졌다. 그는 아직 겨울눈이 남아 있는 산 귀퉁이에서 때 이른 새싹이 고개를 들고 나오는 것을 발견한 듯한 기분이었다. 그녀가 그에게 물었다.

"우리 집에 갈래?"

강아경은 갑자기 자신의 귀가 의심스러웠다. 잘못 들었나? 어리둥절해하고 있는데 그녀가 말을 이었다.

"우리 집은 주택단지에 있는데…….."

"알아."

"어떻게 알아?"

"네가 어제 옥상에서 그랬잖아."

옥상에서 처음 만난 때부터 그는 주택단지에 대해 관심이 많아졌다. 그의 발걸음은 돌고 돌다가 결국 주택단지로 오곤 했으니까.

그녀가 말을 이었다.

"옥탑이…… 비어 있는데, 거기서 잘래?"

"옥탑?"

"상가 맨 위층 말이야. 거기 창고가 하나 있거든."

"옥상하고 비슷한 거네."

"응. 그래도 밖에서 그냥 자는 것보다는 낫잖아."

강아경은 흔쾌히 고개를 끄덕였다. 옥탑 창고라도 좋았다. 왠지 초대를 받은 것처럼 으쓱해지는 마음마저 들었다. 심아경과 금세 친해진 느낌이었다. 알게 된 것은 이틀째에 불과하지만 마치 오래 전부터 알고 지낸 사이 같았다. 둘은 근린공원을 나와 주택단지로 향했다. 치킨가게, 카페, 슈퍼마켓, 옷가게, 순대국밥집 등이 나오기 시작했다. 그리고 상가의 2, 3층마다 가정집들이 불 켜진 베란다 창으로 옹색한 살림살이를 그대로 드러내고 있는 게 눈에 띄었다.

둘이서 걷는데 맞은편 슈퍼마켓에서 어디서 본 듯한 남자애가 검정색 봉지를 들고 나오는 게 보였다. 강아경은 담배 한 개비를 꺼내 무는 그 남자애와 눈이 마주쳤다. 골목에서 나오는 남자애와 골목으로 들어가는 두 아경의 거리가 서로 가까워졌다.

상가 불빛에 남자애의 얼굴이 선명하게 드러나자, 심아경이 움찔하는 듯했다. 심아경은 그 녀석을 알아보더니 고개를 슬그머니 숙이며 못 본 체하려는 눈치였다. 강아경은 녀석이 괜히 더 신경이 쓰여 유심히 쳐다보았다. 가만히 보니 담배를 물고 있는 녀석은 공원에서 강아경을 발로 차서 무릎을 꿇게 했던, 그러니까 눈빛이 매서웠던 '대세'였다. 대세는 왼쪽 손을 주머니에 꽂은 채 삼선슬리퍼를 끌고 오며 강아경을 뚫어지게 쳐다보더니 심아경에게 한마디 던졌다.

"주택단지에 사나 보지?"

심아경이 고개를 들지 못한 채 어려워하자 강아경은 대세를 노려보았다. 대세도 강아경을 노려보며 말을 던졌다.

"둘이 아는 사이냐?"

강아경은 대답하지 않았다. 그 녀석에게 휘말려 들어가기 싫었기 때문이다. 더구나 심아경을 대하는 녀석의 태도가 너무 고압적인 것이 불쾌했다. 그런 강아경을 대세는 빤히 쳐다보았다. 찢어진 그의 눈이 먹이를 찾는 듯 희번덕거리는 것 같았다. 잠시 눈싸움을 벌인 대세는 피식 웃으며 지나쳐 가다가 잊은 말이 생각난 것처럼 휙 돌아보았다.

"야, 심아경!"

그녀가 자신을 부르는 소리에 움찔하며 천천히 돌아보았다. 주눅이 잔뜩 든 그녀를 보며 대세는 히죽히죽 웃었다.

"지수가 부탁한 건 어찌 되어가냐?"

"......"

대세는 킥킥거리며 유유히 사라져가고 다시 강아경과 심아경만 남았다. 강아경은 아무것도 묻지 않았다. 그녀는 고개를 숙인 채 머뭇거리더니 걸음을 뗐다. 그는 아무 말 없이 그녀를 따라 골목으로 들어갔다. 아무 말 없이 걷던 그녀가 닭강정을 파는 분식점이 있는 상가 건물 앞에 서더니 혼잣말처럼 중얼거렸다.

　"여기야."

거기 누구 없어요?

1

4층 건물이었다. 심아경은 4층까지 올라가서는 허름한 현관문 앞에 섰다. 그곳은 엘리베이터도 없는 작은 건물이었다. 4층 맨 구석에 있는 심아경의 집 앞에는 옥상으로 올라가는 계단이 이어져 있었는데 그 계단 끝에 있는 조그만 쪽문으로 나가면 옥탑 창고가 나오는 구조였다. 그녀가 앞장서서 옥탑 창고로 올라갔다. 그곳은 창고라기보다 그저 빈방 같았다. 짐이라고 해봐야 먼지가 쌓인 교자상과 낡은 의자 몇 개, 쓰지 않는 물건을 정리해둔 박스들이 있을 뿐이었다. 강아경 혼자 뒹굴기에는 충분한 공간이었다. 더구나 짐에는 먼지가 좀 쌓였지만 바닥은 깨끗했다.

"깨끗하네. 먼지도 별로 없고."

"으응……. 내가 닦아서 그런가 봐."

창고를 뭐 하러 닦느냐면서 빈방을 둘러보는 강아경에게 심아경이 물었다.

"근데 너 이름이 뭐야?"

이름을 묻자 강아경은 멋쩍게 웃으며 대답했다.

"아경. 강아경."

"헐. 나하고 이름이 똑같아?"

"그래. 나도 옥상에서 처음 듣고 조금 놀랐지."

아경과 아경. 그녀는 우연치고는 좀 신기한 일이라 생각되었다. 하루 이틀 사이에 세 번이나 마주치는 것도 그렇고 이름까지 똑같다니. 어른들은 이런 걸 인연이라고 하는 것일까 싶었다.

문득 그녀는 그의 얼굴을 찬찬히 살펴보았다. 착해 보였다. 그 점이 마음에 들었다. 처음에는 키도 크고 목소리도 크고 거칠어서 아저씨 같고 무서운 기분마저 들었는데 가만히 보니 착해 보였다. 적어도 누구를 때리거나, 돈을 뺏거나, 약한 친구를 왕따시키거나 하지는 않을 것 같았다. 어쩌면 누군가의 이야기를 잘 들어줄 정도로 마음이 따뜻할지도 몰랐다. 그러나 심아경은 고개를 저으며 쓸쓸해했다.

─그런 사람이 어디 있겠어. 나의 이야기를 들어주고, 내가 아

무리 바보 같아도 무시하지 않고 따뜻하게 대해줄 사람 같은 건 이 세상에 없어. 공연히 기대하지 마.

그렇게 스스로를 다독일 수밖에 없었다. 그에게 이제 쉬라고 말하며 돌아설 때 왠지 아쉬운 마음이 들었지만, 세상에는 더 이상 기댈 곳이 없다고 생각하며 나이 많은 여자처럼 혼자 웃었다.

다시 4층으로 내려오니 마치 비바람 소리가 들리지 않는 평안의 방 안에 잠시 들어갔다가 다시 비바람이 몰아치는 밖으로 나오는 기분이었다. 그러나 어차피 계속 머물 수 없는 곳이라면 머뭇거려 보았자 소용없는 일이었다. 체념한 듯 현관문을 열고 들어선 집 안에는 혼란스럽기 이를 데 없는 그녀의 일상이 있었다. 뒤죽박죽이 되어버린, 누구 하나 이야기를 들어주지 않는, 빈집이 덩그러니 그녀를 맞이했다. 그때 적막을 깨고 휴대폰이 톡이 왔음을 알렸다.

카톡 왔숑~~!

그녀는 수신음만 듣고도 깜짝깜짝 놀랐다. 지수의 톡이었다.

준비 잘하고 있냐?

응.

너 남자랑 다닌다며?

아니야. 그런 거 아니야.

대세가 길에서 봤다는데? 웃겨. 남자랑 다닐 시간 있으면 빨리 돈이나 만들어라. 당장 해.

시간을 좀 더 줘.

남자랑 다닐 시간 있는 년이 돈 만들 시간은 없냐?

그런 게 아니라니까.

당장 만들어. 내일까지 가지고 와.

어떻게……

이때까지 뭐 했어? 많이 기다려준 거야. 내일 학교 끝나고 알지? 낼은 대세랑 같이 갈 거야.

대, 대세랑?

그래. 돈 못 가져오면 알지?

지수야…… 좀 봐줘…….

그나마 카톡에서는 대꾸라도 할 수 있었기에 심아경은 지수에게 매달려보았다. 하지만 지수는 심아경의 카톡을 씹어버렸다.

지수야?

더 이상 지수는 아무런 답이 없었다. 그것은 내일까지 돈을 꼭 만들어 오라는 무언의 압력이었다. 대세의 찢어진 눈이 불현듯 생각났다. 심아경은 멍하니 한참을 앉아 있었다. 아무런 생각도 나지 않았다. 아무리 생각을 하려고 해도 아무 생각도 떠오르지 않았다. 생각조차 멎어버렸다. 생각을 해야 해. 어떻게 해야 하는지 생각을 해야 해…… 라고 자신을 다독여보았자 멍하니 넋을 잃고 앉아 있는 자신을 발견할 뿐이었다.

만 원, 이만 원씩 아빠 지갑에서 몰래 빼서 갖다 주곤 하는 게 점점 액수가 커져왔다. 여름방학 전에는 아빠에게 받은 학원비도 지수에게 갖다 바쳤다. 그런데 지수는 얼마 가지 않아서 또다시 돈을 요구했다. 방학 중에는 개학하는 날까지 삼십만 원을 만들어

오라고 카톡을 보내왔었다. 심아경은 그런 큰돈을 어디서 어떻게 만들어야 할지 막막할 뿐이었다. 결국 빈손으로 개학을 맞은 아경은 그 대가를 톡톡히 치러야 했다. 어제 일이 선명하게 다시 떠올랐다.

"너 죽고 싶냐? 어디서 개기냐? 훔쳐서라도 와야 할 거 아니야?"

지수의 목소리가 학교 화장실에 쩌렁쩌렁 울렸다. 심아경의 머리카락이 온통 헝클어진 채 얼굴을 뒤덮었다. 지수의 뾰족한 손톱 끝이 얼굴에 스쳤다. 지수의 집게손가락 하나에도 아경은 휘청거렸다. 화장실에 들어오는 아이들은 힐끔힐끔 아경과 지수, 그리고 지수 친구들을 쳐다보았지만 누구 하나 간섭하는 사람은 없었다. 누구 하나 선생님에게 가서 이야기해주는 사람도 없었다. 처음 있는 일도 아니었다. 단 한 명 화장실 바닥에 넘어져 있는 아경을 발견하고 관심을 보이려는 학생이 있었다. 그러나 지수의 한마디면 충분했다.

"뭘 봐? 씨발! 너도 똑같이 죽고 싶냐?"

그 단 한 명의 구원자는 그대로 줄행랑을 쳤다. 누구도 심아경처럼 되고 싶어 하지 않기 때문이다. 심아경은 뒤돌아서 줄행랑을 치듯 화장실을 빠져나가는 애의 뒷모습을 멍한 눈으로 바라보며 엉거주춤 일어나 앉았다. 멍한 눈으로 앉아 있는 아경의 머리를 지수와 진희, 은주가 번갈아가며 툭툭 쳐댔다. 아경의 얼굴이 힘없이 흔들렸다. 그녀의 눈빛도 따라서 힘없이 흔들렸다. 빠져나갈 수 없는 그물에 걸린 채 살기를 포기한 물고기 같았다. 그래도 학교는 좀 더 나았다. 밖으로 끌려가는 것보다는 학교가 낫다고 아경은 위로하며 힘든 시간을 견뎠다. 그런데 점심시간이 끝나는 벨이 울리자 지수가 한마디 던졌다.

"이따 저녁에 근린공원 서쪽 출입구 쪽으로 와라. 돈 만들어서. 8시까지야. 알았어?"

청천벽력과도 같았다. 학교에서 견디면 끝날 줄 알았는데, 화장실에서의 일은 그저 시작에 불과했던 것일까. 공사장이라니. 그것도 돈을 만들어서 오라니. 아경은 앞이 캄캄했다. 방과 후에 상가 사이를 거닐고, 놀이터에 들러보고, 학원가에도 가보았지만 돈을 만들 곳은 없었다. 상점에라도 들어가 훔쳐보려고도 했지만 어떻게 해야 할지 아무것도 알지 못했다. 기회를 잡을 수가 없었다. 사람들의 눈초리가 그저 무서울 뿐이었다.

─나는 도둑질도 못해. 나는 아무것도 할 수 있는 게 없어. 도대체 살 가치가 있는 걸까? 어디로 도망가야 하는 걸까? 나 같은 건 어디로든 사라져야 해.

아빠도 늘 "도대체 제대로 할 줄 아는 게 뭐냐?"고 핀잔을 주곤했다. 다 큰 계집애가 밥만 먹고 하는 일이 없다고. 공부도 못하고,

살림도 못하고, 병신 같다고. 아빠는 늘 그렇게 말하곤 했다. 특히 그 화장이 진한 아줌마가 오는 날이면 더 했다. 마치 아경을 구박하는 것이 그 아줌마에게 잘 보이는 길이라고 생각하는 것처럼 말이다.

어디론가 가야 한다고 생각했다. 폭력이 없는 곳, 상처 주는 말이 없는 곳, 외로움이 없는 곳, 아니 없는 곳이 아니라 느끼지 못하는 곳. 아무것도 느끼지 못하는 곳으로 가고 싶었다. 어떤 곳이라도 이곳보다는 나을 듯싶었다. 점점 지수를 만나야 하는 시간은 다가오는데 두 손에 쥔 돈은 딸랑 이천 원. 지수가 원하는 돈은 하늘이 무너져도 생길 것 같지 않았다. 심아경은 집으로 숨었다. 그러나 집도 불안했다. 그들이 심아경의 집을 알고 있었기 때문이다. 아빠가 새벽에 들어오는 일이 잦다는 것도 잘 알고 있었다. 그래서 심아경은 옥탑 창고로 갔다. 오래도록 쓰지 않은 옥탑 창고는 먼지가 하얗게 쌓여 있었다. 옥탑 창고에 숨어 있겠다고 결심한 아경은 먼지가 소복이 쌓인 창고 바닥에 주저앉았다. 햇빛에 반사된 먼지가 하얗게 반짝였다. 며칠간 여기서 꼼짝하지 않고 숨어 있어야겠다고 생각했다. 그리고 오래 머물려면 좀 치워야겠다는 생각에 집에서 걸레 하나를 가지고 와서 옥탑 바닥을 대충 닦고 앉았다. 배가 고팠다. 뭔가 먹어야겠다고 생각했다. 그래서 집에 내려가서 먹다 남은 빵을 가지고 올라왔다. 발걸음이 다급했다. 혹시라도 지수와 친구들이 언제 갑자기 들이닥칠지 몰라 불안했다. 생각해보면 약속 시간인 8시까지는 괜찮을 것이다. 일단은 모두가 약속 장소에서 기다릴 텐데도 모든 것이 불안하기만 했다. 말라비틀어진 빵을 우적우적 씹어 먹었다. 자꾸 목이 메었다. 물이 없었다. 후다닥 집에 내려가 물병에 물을 담아가지고 올라왔다. 물이 있어야 버틸 수 있을 것 같아 1.5리터 병에 가득 담았다. 그 물을 벌컥벌컥 마셔댔다.

— 여기면 안전할 거야. 아무도 모를 거야. 학교 따위는 안 가도 돼. 아빠는 내가 없어져도 신경도 쓰지 않을 테니. 여기서 살아야겠어. 아무도 모르는 곳에서.

옥탑 창고 안은 더웠다. 땀이 비 오듯 흘렀다. 하지만 꼭꼭 문을 닫고 숨어 있었다. 숨이 막혔다. 숨이 막히자 정신이 몽롱해졌다. 아니 처음부터 정신은 몽롱했는지도 모른다. 그때였다. 적막을 깨는 외마디가 들렸다.

카톡 왔숑~.

깜짝 놀라 휴대폰을 들여다보았다. 지수의 톡이었다.

돈은?

대답을 할까 말까 망설였다. 그러나 대답을 하지 않으면 지수가 더 화를 낼 게 무서워 본능적으로 답을 했다.

아…… 아직…….

넌 도대체 제대로 하는 게 뭐야? 이 병신아.

구…… 구할게.

8시까지 나와라. 도망갈 생각은 하지 마라. 애들 풀어서 찾을 테니까. 같이 좀 놀자는 것뿐이야. ㅋㅋ

휴대폰을 쥐고 있는 아경의 손이 떨렸다. 그녀의 떨리는 손 안에서 흔들리던 휴대폰이 옥탑 창고 바닥으로 떨어졌다. 주변을 둘러보았다. 옥탑 창고의 문은 누구나 쉽게 열 수 있을 만큼 허술했다. 안에서 잠그도록 되어 있으나 마구 흔들어대면 금세 열릴 만큼 허술했다. 게다가 창문이 있었다. 잠가두어도 밖에서 깨고 들어올 수도 있었다. 심아경은 밖으로 나와 창문을 깰 수 있는 돌멩이나 막대기가 될 만한 것을 주워서 창고 안으로 가지고 들어와 숨겼다. 하지만 돌멩이나 막대기는 옥탑이 아니라 밖에서도 얼마든지 구할 수 있을 것이라는 생각이 들었다. 집 바로 위에 있는 옥탑이라면 똑똑한 지수가 금세 찾아낼 것이다. 심아경은 땀에 쩐 몸으로 밖으로 튀어나왔다. 옥탑에 가만히 있다가는 지수에게 끌려가게 될 것만 같았기 때문이다.

— 이대로는 안 돼. 어디론가 도망을 가야 해!

상가 건물이 즐비한 주택단지를 벗어나 근린공원을 지나 아파트 단지로 들어갔다. 주변을 서성거렸다. 경비 아저씨의 눈이 허술한 동을 고르는 데만도 시간이 꽤 걸렸다. 그리고 드디어 졸고 있는 경비 아저씨가 있는 동을 발견하고는 그 아파트 동으로 올라갔다. 뚜렷한 계획 따위는 없었다. 그냥 무작정 뛰어 올라갔다. 옥상은 시원했다. 적어도 옥탑 창고 안보다는 말이다. 햇볕이 내리쬐고 있었지만 바람이 제법 좋았다. 온몸에 젖어 있던 땀이 조금 식는 것 같기도 했다. 하지만 밑을 내려다보니 가슴이 철렁했다. 난간 주변을 서성거렸다.

— 지수에게 끌려가는 게 더 무서울까? 여기서 떨어지는 게 더 무서울까?

도무지 또렷하게 생각이라는 것을 할 수가 없었다. 자꾸만 지수가 쫓아오고 있는 것만 같았다.

— 나는 정말 등신이야. 생각조차 할 수 없어. 아무런 생각도 할

수가 없잖아. 하지만 여기선 용기를 내야 해. 머뭇거리다가는 지수한테 잡히고 말 거야. 지수와 그 친구들에게 잡히기 전에 용기를 내야 해…….

그저 자책하는 소리만이 가슴에 가득 차올랐다.

그녀는 다급한 심정이 되어 삼선슬리퍼를 벗어 옆에다 가지런히 놓았다. 그리고 난간 위에 손을 살며시 올려놓고 힘껏 주먹을 쥐어보았다. 20층 아래를 내려다보니 구역질이 날 것 같았다.

그때였다. 낯선 목소리가 그녀를 멈추게 한 것은.

"너 뭐 하냐?"

키가 큰 남자애였다. 그가 언제부터 옥상에 있었는지는 알 수 없었다. 그 애는 갑자기 끼어들더니 느닷없이 돈이 있냐고 물었다. 그녀에게 가장 필요한 것도 돈이었지만 어차피 이천 원 가지고는 지수를 잠재울 수 없으니, 있으나 마나 한 이천 원을 그 남자애에게 주었다. 혹시 그 남자애가 지수나 지수 친구들처럼 자기를 괴롭힐 사람일까 봐 두렵기도 했다. 옥상에서 허탈하게 내려와 다시 상점들을 기웃거리며 기회를 엿보았지만 아까보다 오가는 사람들이 더 많아져 있었다. 그때 지수에게서 카톡이 들어왔다.

시간 다 되어간다. 근린공원으로 와라.

8시가 다 되어가고 있었다.

근린공원으로 와라. 근린공원으로 와라. 근린공원으로 와라…….

심아경은 미친 듯이 뛰었다. 돈은 마련하지 못했지만 약속 장소에도 나가지 못한다면 더 무서운 일을 당할 것 같아 두려웠기 때문이다. 가는 도중 강아경과 부딪쳐 넘어졌지만 아픈 줄도 모르고 뛰었다. 그리고 지수를 만났고 빈손으로 간 죄로, 지수와 그 친구들에게 둘러싸여 횡단보도를 건너고 야산이 보이는 공터로 갔다. 공터에서의 밤은 길고도 힘겨웠고 새벽은 더디 왔다.

심아경은 아무도 없는 빈집에서 어제의 일을 생각했다. 하루가 지난 지금도 달라진 것은 아무것도 없었다. 지수는 계속 돈을 요구하고 있었고, 삼십만 원을 구하기 전까지는 협박이 계속될 것이다. 삼십만 원을 구해준 다음에는 협박이 끝날까? 아니면 또 다른 협박이 이어질지 그녀도 알 수 없었다. 시간은 계속 흘러가는데 그녀는 침이 말랐다. 다시 옥상으로 가서 용기를 낸다면 시간을 멈추게 할 수 있지 않을까? 그런 생각이 고개를 들었다. 그렇게 해서라도 그녀는 그녀 앞의 시간을 멈추게 하고 싶었지만, 선뜻 용기가 나지 않았다.

2

모든 것을 포기한 순간, 심아경에게 희망의 실마리가 생겼다. 아빠가 기분이 좋아 보였기 때문이다. 그 아줌마도 평소보다 들떠 있는 듯하고 심아경에게도 조금 상냥해진 것 같았다. 심아경의 표정은 어두웠지만 아빠도 아줌마도 아경의 어두운 표정을 알아보지 못했다. 그래도 좋았다. 그날은 아빠에게 돈이 많아 보였기 때문이다. 아빠가 밀린 공사대금을 받았다고 아줌마에게 자랑처럼 말하는 게 들렸을 때 심아경은 가슴이 뛰었다. 공사대금을 받았다면 아빠 지갑에 삼십만 원쯤은 분명히 있으리라. 아빠는 공사대금을 받는 날이면 지갑에 현금을 두둑이 넣고 다니곤 했으니까. 희망이 보였다. 삼십만 원을 마련할 수 있다는 희망!

심아경은 아빠가 부엌 옆의 마룻바닥에 던져놓은 검정색 가방을 힐끔 쳐다보았다. 심아경이 부엌과 마루를 어슬렁거리자 아줌마가 거슬린다는 듯 눈치를 주었다. 심아경은 슬그머니 방으로 들어왔다. 그래도 기분이 나쁘지 않았다. 오히려 가슴이 설레기까지 했다.

— 저 검정색 가방 안에 분명히 돈이 있을 거야, 밀린 공사대금을 얼마를 받았는지는 모르겠지만 적어도 몇백만 원은 될 테니 그중에서 삼십만 원쯤 꺼낸다고 해도 금세 들킬 리는 없을 거야.

심아경은 애써 안심하면서 자기 방 안을 빙빙 돌았다. 아빠와 아줌마가 빨리 잠이 들기를 기다렸다. 그런데 아빠와 아줌마는 포도주 한 병과 잔 두 개를 가지고 방에 들어갔고 쉽게 잠잘 것 같지 않았다. 조금 있다가 아빠가 나와서 냉장고에서 무언가를 꺼내서 다시 들어갔다. 심아경은 벽에 귀를 대고 안방에서 나는 소리를 들었다. 하하 호호 웃음소리에 이야기 소리가 이어지다가 술잔을 부딪치는 소리가 들리더니 조용해지는 듯했다. 그래서 잠들었는가 싶어, 살며시 마루로 나가 보려 했다. 그러나 이내 아줌마의 신음 소리 같은 것이 들렸다. 아직 잠이 들지 않았음이 분명했다. 아빠의 소리도 간간이 들려왔다. 심아경은 가만히 방 안에 서 있었다. 그 익숙한 소리들이 곧 잦아들리라는 것을 잘 알고 있기에 잠시 기다리기로 했다. 몇 분이 지났을까, 역시나 소리가 잦아들고 안방 문이 열리는 소리가 들렸다. 아줌마가 욕실에 들어가서 물 트는 소리가 들렸다. 욕실에서 나온 아줌마가 다시 방에 들어간 후 얼마가 지나자 드디어 아빠의 코고는 소리가 들렸다.

심아경은 살그머니 방문을 열고 나갔다. 아빠 방의 문은 굳게 닫혀 있었다. 닫힌 문에 안도하며 그녀의 시선은 검정색 가방이 놓여 있던 마루로 향했다. 그녀의 시선은 조급하게 가방을 찾았다. 가슴이 쿵쿵거렸다.

─어…… 어딨지?

가방이 없었다. 분명히 아까 마루 한 귀퉁이에 놓여 있는 것을 보았는데 감쪽같이 없어져버리고 말았다. 아빠가 방 안으로 가지고 들어간 게 분명했다. 아경은 잠시 얼어붙은 채 서 있었다.

— 어떻게 해야 하나, 포기해야 하나? 지수를 따라 공사장에 또 가야 하나? 그럴 수는 없어. 두 번 다시 그곳에 끌려가고 싶지 않아.

아경은 두 눈을 질끈 감고 용기를 냈다. 할 수 있다고 자신을 다독였다.

그녀는 아빠의 닫힌 방문 앞에 섰다. 그리고 잠시 숨을 고른 후 조용히 두 손을 문손잡이로 가져갔다. 어깨에서부터 손가락 끝에까지 힘이 들어갔다. 손가락 끝에 혼이라도 실은 것처럼 온 마음을 집중하여 손잡이를 돌렸다. 드디어 방문이 열리고 방 안의 모습이 드러났다. 커다란 창문이 활짝 열려 있어서 창밖의 나무가 흔들리는 게 보였다. 아빠 침대 옆 탁자에는 빈 포도주 병과 먹다 남은 과일이 담긴 접시와 치즈 조각들이 널브러져 있었다. 침대 위에 아빠와 아줌마가 널브러져 있는 것처럼.

아빠의 가방은 포도주 잔이 놓여 있는 탁자 바로 옆 바닥에 있었다. 가방의 지퍼는 조금 열려 있었다. 조금 열려 있는 지퍼를 끝까지 열어젖히면 바로 돈다발이 나올 것만 같았다. 심아경의 등에서 땀이 흘렀다. 아빠는 코를 골고 자고 있고 아줌마는 잠옷 바람으로 그런 아빠에게 딱 붙어 매달린 것처럼 자고 있었다.

가방이 있는 쪽으로 다가가자 포도주 향이 살짝 코끝에 닿았다. 기다시피 가방으로 다가가 지퍼 끝을 잡았다. 그리고 한쪽으로 죽 당겼다. 지퍼가 부드럽게 열리며 가방 속이 들여다보였다. 두툼한 지갑이 금세 눈에 들어왔다. 심아경은 가방 앞에 쪼그리듯 앉았다.

— 아…… 돈이 있어. 돈이 있다고…….

심아경은 지갑에서 손에 잡히는 대로 돈을 빼내었다. 세어보니 17장이었다. 다시 더 뽑아들고 세어 보았다.

18, 19…… 30!

안도감이 온몸에 퍼졌다. 이제 살았구나, 하는 희열이었다. 지수가 말한 삼십만 원. 그 절대적으로 불가능해 보이던 삼십만 원을 순식간에 구해버린 것이다. 빨리 이 방을 빠져나가기만 하면 다되는 일이었다. 그리고 내일 아침 아빠가 일어나기도 전에 일찌감치 학교에 가버리기만 하면 된다.

— 됐어!

아경은 희망을 단단히 잡은 안도감에 삼십만 원을 꼭 쥐고서 벌떡 일어섰다. 그때였다. 일어서는 순간 뭔가 어깨에 툭 부딪치더니, 포도주잔이 탁자에서 떨어지면서 귀를 찢는 것처럼 날카로운 소리가 났다.

쨍그랑!

"앗!"

아경은 돈다발을 든 채로 서서 그 자리에 그만 얼어붙어 버렸다. 유리 파편이 여기저기 흩어졌다. 열린 창밖에서는 번개가 번쩍이더니 우르르 쾅, 천둥이 쳤다. 그리고 여름 소낙비가 쏴, 하고 쏟아졌다. 아줌마가 먼저 벌떡 일어났다.

"도…… 도둑이……야."

아줌마가 소리를 지르려다가 말고 더 호들갑을 떨며 아빠를 깨웠다.

"자기야. 일어나 봐. 당신 딸이야……! 당신 딸이라고!"

아빠가 웃통을 벗은 채로 잠들어 있다가 눈을 비비며 일어나 앉았다. 심아경은 아빠와 눈이 마주쳤다. 그때 아줌마가 일어나 불을 켰다. 사방이 밝아졌다. 삼십만 원을 꼭 쥐고 얼어붙어 있는 심아경의 모습이 선명하게 드러났다. 아빠의 얼굴이 분노로 일그러졌다.

"아니…… 심아경! 뭐 하고 있는 거야? 응? 너 혹시 도둑질을 하고 있었던 거냐?"

아빠가 벌떡 일어나 심아경에게 달려들었다.

"이게 미쳤나?"

심아경은 아무 생각도 할 수 없었다. 그저 두 손에 쥔 돈을 더욱 꼭 쥐었다. 아빠의 손바닥이 심아경의 볼에 닿자 불이 붙는 것 같았다.

"그 돈 당장 내려놔!"

뺨을 맞았지만 심아경은 아픈 것보다 돈을 빼앗길까 봐 공포에 떨었다. 심아경의 눈에서 눈물이 뚝뚝 떨어졌다. 하지만 돈을 놓을 수는 없었다. 하늘하늘한 잠옷을 입은 통통한 아줌마는 옆에서 팔짱을 낀 채 서서 혀를 찼다.

"쯧쯧. 싹수가 노랗군, 노래. 벌써부터 도둑고양이 짓을 하다니."

아줌마가 부추기니 아빠는 더 화를 냈다. 아빠가 심아경의 뺨을 한 대 더 때렸다.

"아빠…… 잘못했어, 잘못했어……!"

"이게 어디서 도둑질이야. 아빠가 힘들게 벌어온 돈을 도둑질 해!"

"아니야. 그게 아니야! 아빠."

"뭐가 아니야! 아빠가 학원 보내주고 용돈 주고 하는데 무슨 나쁜 짓을 하려고 돈을 훔쳐!"

아빠가 돈을 뺏으려 하자 심아경은 두 손으로 돈을 꼭 쥐고 놓지 않았다.

"안 돼요. 아빠. 돈이 필요해!"

심아경이 흐느꼈다.

아줌마가 옆에서 또 훈수를 두었다.

"따끔하게 혼이 한번 나야 해. 그래야 도둑질이 버릇이 안 들지. 하여간 요즘 애들이란……."

아빠의 눈에 더 불똥이 튀었다. 아빠는 심아경의 손을 우악스럽게 잡더니 돈을 빼앗아버렸다. 심아경의 손가락에 힘이 풀리면서 만 원짜리들이 방바닥에 떨어졌다. 심아경은 아빠가 방 베란다에서 빗자루를 꺼내려고 돌아선 틈을 타서 방에서 도망쳐 나왔다. 아빠가 금세 알아채고는 심아경의 팔을 잡아챘다. 다급하게 팔을 빼내려다가 얇은 여름 티의 어깨 부분이 찢어져버렸다. 심아경은 발악을 하며 아빠의 손을 뿌리치고 현관에 있는 슬리퍼를 집어 들었다. 아빠가 빗자루를 든 채 따라 나오며 소리를 질렀다.

"나가버려! 너 같은 건 키워봤자 소용없겠다!"

심아경은 슬리퍼를 집어 든 채 맨발로 달려 나갔다. 계단을 막 뛰어 내려가려는데 집 안에서 현관문을 걸어 잠그는 소리가 들렸다.

찰칵!

심아경은 고개를 돌려 현관문을 노려보았다. 찰칵, 그 소리는 아빠와 아줌마가 아경을 향해 넌 필요 없는 존재야, 라고 말하는 것 같았다. 아줌마는 집 안에 있는데, 자기는 왜 문밖에 서 있어야 하는지 알 수 없었다. 문을 잠그는 소리가 가슴에 돌덩어리처럼 내려앉을 뿐이었다.

— 어디로 가야 하지? 이젠…… 집에도 갈 수 없는 것일까?

심아경은 자신의 손을 펼쳐보았다. 단돈 만 원짜리 한 장도 건지지 못했다. 지수에게 뭐라고 해야 할지 두려움이 앞섰다.

— 지수가 가만히 있지 않을 거야. 어디로 가야 하는 걸까.

그녀는 갈 데가 없었다. 모든 게 끝나버렸다. 잠시 빛을 발하던 희망은 다시 손아귀를 빠져나가 버렸다.

어제 낮까지만 해도 잘 몰랐다. 지수에게 끌려가서 맞는 게 더 고통스러울지, 옥상에서 떨어져 죽는 게 더 고통스러울지. 하지만 어젯밤 공사장에 끌려가 본 아경은 이제 분명하게 대답할 수 있었다.

— 지수와 친구들에게 끌려가는 게 더 고통스러워. 완전 분명해졌어.

지수와 친구들에게 밤새도록 괴롭힘을 당하느니 옥상으로 가는 게 더 편안한 방법이었다. 딸이 비참하게 죽은 모습을 본다면 어쩌면 아빠도 미안해할지도 모른다고 그녀는 생각했다. 지수와 지수 친구들도 비참하게 죽은 친구의 모습을 본다면 자기 잘못을 뉘우칠지도 모를 일이라고 생각했다.

심아경은 현관문 앞에서 집으로 다시 들어가지도 못하고 밖으로 나가지도 못한 채 슬리퍼를 꼭 안고서 서 있었다. 그 어디에도 그녀가 맘 편하게 존재할 공간은 없는 것만 같았다. 그녀는 어디론가 사라져주어야 했다. 그녀는 찢어진 티를 걸친 채 결국 아래층으로 내려가는 계단으로 발길을 돌리기로 했다. 바로 그때 뒤에서 조금 귀에 익은 소리가 들렸다.

"너 뭐 하냐?"

내가 네 맘을 모른다고?

1

강아경은 옥탑 창고에 혼자 남아 제법 편안한 시간을 보내고 있었다. 딱딱한 바닥이었지만 옥탑 창고가 그래도 밖에서 자는 것보다는 훨씬 나았다. 옥탑 창고 옆에는 작은 수도가 하나 있어서 강아경은 수도꼭지를 틀고 손과 목과 얼굴의 땀을 씻어낼 수도 있었다. 옥탑 창고에 들어가 문을 활짝 열어둔 채 팔베개를 하고 누워 있으려니 밤바람이 제법 선선한 것이 무더위도 한풀 꺾인 듯했다. 하지만 축축한 습기가 가득 배인 바람이었다. 곧 비라도 쏟아질 것 같았다.

— 이런 날 밖에서 돌아다녔으면 힘들었겠다. 옥탑 창고라도 있

으니 다행이야.

밤하늘에는 구름이 잔뜩 끼었는지 달빛도 보이지 않았다. 옥탑 창고의 낮은 천장에 붙어 있는 조그만 백열전구가 주변의 어둠을 밝히는 빛의 전부였다. 문득 엄마 생각이 났다. 엄마는 뭘 하고 있을까? 또 나를 찾아 돌아다니고 있을까? 하고 아경은 궁금해지기도 했다.

엄마와 갈등이 생기기 시작한 것은 초등학교 5학년 무렵이었다. 어릴 때부터 강아경은 학교에서도 학원에서도 어딜 가나 톡톡 튀는 엄친아의 아우라를 톡톡히 드러내 왔다. 키도 크고 공부도 잘하고 운동도 잘했다. 강아경은 엄마의 자랑이었기에 그가 원하는 것이라면 엄마는 무엇이든지 다 해주었다.

그러나 단 한 가지 강아경의 꿈만은 응원해주지 않았다. 초등학교 5학년 때 축구 선수가 되고 싶다는 아들의 꿈을 엄마는 그다지 신통치 않게 생각했다. 그저 공부만 하라고 했다. 잘 다니고 있던 태권도 학원도, 축구 학원도 모두 그만두라고 했다.

"그렇게 운동만 해서 어떻게 하니? 체대 갈 거야? 그까짓 체대 가서 뭐 하게? 스포츠는 탁월하게 재능을 타고난 애들이나 하는 거야. 어설프게 했다가 성공 못하면 나중에 직장도 못 구하고 나이 들어서는 삼류 인생 되기 십상이야!"

스포츠계에서 스포트라이트를 받고 있는 스포츠 스타들이 많았지만 엄마는 그런 것을 그다지 신뢰하지 않았다. 극소수의 사람들만 누리는 행운이라는 것이다. 강아경은 계속 운동을 하겠다고 버티었지만 결국 6학년 때인가 엄마는 아들의 의견을 무시한 채 어느 날 갑자기 태권도 학원을 끊어버렸다. 그것도 모르고 도장에 나갔던 날 관장님이 말했다.

"강아경. 너 운동 안 하겠다고 했다며? 엄마가 오셔서 그러던데. 이제 4품 따는 게 바로 코앞인데 아깝다. 나중에 생각 바뀌면 다시와라. 너는 체격 조건이 좋아서 가능성이 있어."

그렇게 태권도가 끝났다. 축구도 마찬가지였다. 축구 학원 셔틀버스를 타는 곳에서 차를 기다리던 날, 축구 강사가 차에 탄 채로 말했다.

"아경아. 너 축구 안 한다고 했다며? 축구 선수 하고 싶다고 하더니 그새 생각이 바뀌었냐? 자식…… 이제 운동 그만두었으니 중학교 가서 공부나 열심히 해라."

엄마는 뭐든지 제멋대로였다. 아들의 의견 같은 것은 안중에도 없었다.

— 난 운동이 하고 싶다고. 공부하기 싫다고!

강아경의 가슴속에서는 그런 생각이 미친 듯이 끓어올랐지만 그때만 해도 어렸던 강아경은 엄마에게 크게 반항할 엄두는 나지 않았다. 반항이라고 해보았자 중간고사나 기말고사 전날 집에 들어가지 않고 친구들과 모여서 축구를 하는 것 정도였다. 그러면 엄마는 이 동네 저 동네를 전부 뒤져서 결국 아들을 찾아내곤 했다.

"내일이 시험인데. 너 미쳤니? 정신이 있는 거니 없는 거니? 그런 식으로 해서 어떻게 1등 자리를 지킬래?"

그렇게 말하는 엄마에게 강아경은 처음으로 소리를 질렀다.

"나는 1등 같은 건 하고 싶지 않아. 어차피 내 인생인데 엄마가 왜 상관이야?"

어디서 그런 배짱이 나왔는지 자신도 모르게 그러한 외침이 입술 밖으로 터져 나와 엄마와 강아경을 둘러싼 허공을 가득 채웠다. 엄마는 화가 나서 또 회초리를 들었다.

"어디서 그따위 소리야? 엄마가 무슨 상관이냐니? 공부하라는 게 엄마 좋으라고 그러는 거니? 다 너 잘되라고 그러는 거잖아. 대학 들어갈 때까지는 엄마 말대로 해야 해. 어른이 된 다음에 그때는 네가 하고 싶은 대로 해라. 알았니?"

엄마의 회초리보다 엄마의 말이 강아경의 가슴에 와 박혔다. 아경은 엄마가 하라는 대로 로봇처럼 그렇게 살고 싶지 않았다. 그래서 돼지저금통의 배를 갈라서 삼만 원을 꺼내 들고 무작정 집을 나왔다. 그것이 첫 번째 가출이었다.

하지만 첫 번째 가출은 친구 집을 전전하던 중 수소문해서 찾아온 엄마에게 잡혀서 이틀 만에 집에 끌려들어가는 것으로 일단락

되고 말았다. 친구 엄마가 강아경의 엄마에게 귀띔을 해주었기 때문이다. 엄마는 엄마끼리 통한다는, 친구 엄마도 결코 믿어서는 안 되는 존재라는 사실을 여실히 깨달은 사건이었다.

그 후로도 상황은 나아지지 않았다. 강아경의 방은 그만의 방이 아니었다. 엄마와 강아경의 공부방이었다. 큰 책상이 하나 있고 그 옆에 작은 책상이 하나 더 있었다. 큰 책상은 강아경이 공부하는 책상이고, 작은 책상은 엄마가 강아경을 감시하기 위해 앉아 있는 책상이었다. 엄마는 밤새 강아경의 옆에 꼿꼿이 앉아서 강아경을 감시하곤 했다. 그가 조금이라도 졸기라도 할라치면 어김없이 엄마의 고함이 들려오고 더 심한 경우 엄마의 회초리가 이어졌다.

6학년 2학기 때 성적이 잠깐 떨어진 적이 있었다. 언제나 반에서 1등을 하던 아경이 5등 밖으로 밀려난 것이다. 성적표에는 등수가 나오지 않기 때문에 언제나처럼 학교까지 찾아가 아들의 등수를 확인한 엄마는 작정을 한 듯 매섭게 회초리를 들었다. 엉덩이가 아팠다. 허벅지가 아팠다. 엄마가 미웠다. 차라리 엄마가 없으면 좋겠다고 생각했다.

"아 씨! 아 씨!"

강아경은 그렇게 소리를 지르며 신발도 신지 않은 채 복도로 달려 나갔다. 복도에 서서 집으로 들어가지도 못한 채 서 있었다. 집에서 입는 반바지에 맨발 차림인 데다 부스스한 까치머리는 마구 헝클어져 있었다. 갑자기 눈물이 볼을 타고 흘러내렸다. 어디론가 가버리고 싶지만 돈도 없이 아무 데도 갈 수가 없었다. 숨을 데가 없었다. 도망갈 데가 없었다.

— 더 이상 엄마에게 잡혀 살지는 않을 거야. 내 인생은 나의 것이라고!

그래서 두 번째 가출을 준비했다. 6학년 가을부터 돈을 모아 십오만 원을 만들었다. 중1 여름방학 때였다. 다행히 부모님이 여행을 가고 안 계신 친구네 집에서 상당 기일 동안 숨어 지낼 수 있었다. 친구의 누나는 강아경의 가출을 아는지 모르는지 아무런 간섭도 하지 않았고 늘 바빴다. 친구 부모님이 여행에서 돌아온 후에는 PC방과 찜질방을 전전하다 결국 보름 만에 집으로 돌아갔다. 이렇게 두 번째 가출은 돈이 떨어짐과 동시에 끝이 났다.

다시 기회를 잡기 위해 평소부터 돈을 모았다. 엄마의 고함 소리가 커질 때면, 엄마의 회초리가 빈번해질수록 아경은 언젠가는 집을 나가야겠다는 생각으로 그 힘든 시간을 견딜 수 있었다. '가출'이라는 탈출구를 생각하는 것만으로 조금이나마 마음이 편안해지는 것 같기도 했다. '가출 계획'은 그의 유일한 숨구멍이었다.

드디어 세 번째 가출의 기회가 왔다. 열흘 전, 바로 8월 15일. 광복절 아침이었는데, 아빠는 지인들과 골프 모임이 있다고 일찌감치 나가고 없었다. 집에 엄마와 둘만 남은 아경은 아침부터 답답한 기분이었다. 아침부터 엄마의 '체크질'이 시작되었기 때문이다.

"방학이 다 끝나 가는데…… 큰일이다. 수학 선행학습 진도도 많이 못 나가고……. 아경아 과외 선생님을 바꿔야겠다."

"엄마 맘대로 해."

강아경은 퉁명스럽게 대답했다.

"너는 네 일인데 왜 그런 식으로 말하니?"

"어차피 엄마 맘대로 할 거면서 왜 나한테 물어? 엄마 맘대로 해."

"중간고사 때 수학을 90점밖에 못 받더니 기말고사 때는 엄마에게 반항하느라 1번으로 통일해서 찍은 주제에, 네가 지금 그따위로 말할 자격이 있니? 수학을 잡지 못하면 좋은 고등학교는 꿈도 못 꾼다. 벌써 한두 번 망쳤기 때문에 앞으로 계속 100점을 맞아야 좋은 고등학교에 갈 수 있어. 만약에 좋은 고등학교에 못 가면 일류대학은 꿈도 못 꾸게 되는데 지금 엄마는 애가 얼마나 타는 줄 아니? 너는 왜 네 일인데도 남의 일처럼 그렇게 대충 생각하니, 어?"

또다시 강아경의 머릿속 여기저기서 작은 폭탄들이 터지는 것 같았다. 그리고 그 폭음은 쉽사리 멈추지 않을 듯싶었다.

"아아…… 나 진짜…… 씨발…….."

강아경은 그렇게 중얼거렸다. 꼭 엄마를 향해 내뱉은 욕은 아니었다. 마치 짜증 섞인 혼잣말처럼 내뱉은 것이었다. 하지만 엄마는 엄마에게 욕지거리를 내뱉는다고 화를 내며 냉장고 옆에 세워둔 회초리를 들고 나섰다. 엄마의 두 눈이 불똥이라도 튈 듯 번쩍였다.

"네가 공부 좀 잘한다고 엄마에게 예의도 없고 그런 식으로 할 거면…… 공부 잘해도 아무 소용 없다. 먼저 인간이 되어야지!"

"무슨 인간? 엄마가 언제 나더러 인간 되라고 한 적 있어? 공부만 하라며? 공부만 잘하면 된다며?"

쩌렁쩌렁한 강아경의 목소리가 50평 아파트 거실을 가득 채웠다. 엄마는 아들을 올려다보며 소리를 질렀다.

"뒤로 돌아. 회초리 좀 맞아야겠다."

"싫어!"

"어서 돌아."

"싫어. 내가 뭘 잘못했는데?"

"이게 어디서……!"

강아경이 버티면서 우뚝 서 있자 엄마는 아들을 마주 보며 회초리를 휘두르려 팔을 들어 올렸다. 그때였다. 강아경은 오른손을 들어 그 회초리를 한 손으로 막아버렸다.

탁!

회초리가 강아경의 우람한 손아귀에 꽉 붙잡혀버렸다. 엄마는 당황해서 두 손으로 강아경의 손아귀에서 빼내려 했으나 회초리는 꿈쩍도 하지 않았다. 오히려 강아경은 엄마의 두 손아귀에서 회초리를 낚아채어 집어던져버렸다. 손바닥이 아픈지 인상을 쓰며 두 손을 마주 잡는 엄마를 향해 강아경이 소리쳤다.

"엄마 맘대로 해봐! 나는 절대 엄마가 원하는 대로 안 할 테니까!"

강아경은 방으로 달려갔다. 그리고 책상 서랍을 열고 오래도록 모아온 돈을 꺼내어 바지 주머니에 꽂았다. 십오만 원이었다. 아직은 준비가 덜된 시점이었지만, 돈을 조금은 더 모아서 움직이려 했지만 더 이상 단 하루도 참을 수가 없었다. 엄마 보란 듯이 집을 당당하게 나가리라. 그렇게 생각했다. 그게 엄마가 가장 무서워하는 거니까.

"어디 가니?"

엄마의 까랑까랑한 목소리가 뒤에서 들렸으나 강아경은 대꾸도 하지 않은 채 달려 나왔다.

—씨발. 다 좆 까라 그래. 내 맘대로 할 거야. 아무도 함부로 내 인생에 간섭하지 못하게 할 거야.

가슴에 불같이 뜨거운 결심이 가득 차올랐다.

그날 아침을 생각하며 강아경은 옥탑 창고에 혼자 앉아 쓴웃음을 지었다. 진즉 이런 옥탑 창고를 하나 구할 수 있었다면 두 번째 가출 때도 더 오래 버틸 수 있었을 텐데, 하고 장난스럽게 생각도 해보았다. 언제까지 버틸 수 있을지 알 수 없었다. 엄마의 톡이 계속해서 들어오고 있었다.

아경아. 집에 와라. 엄마가 다 잘못했다.
아경아. 어디니. 밥은 먹었니?
나쁜 친구들하고 어울리면 안 된다.
별일 없니? 아경아. 집으로 돌아와라.

아경아. 아경아……. 엄마는 끊임없이 그렇게 부르고 있었다. 하지만 강아경의 마음은 얼음같이 차가울 뿐이었다. 한번은 엄마의 톡에 답을 해보기도 했다.

집에 가면 공부 안 해도 되는 거야?

그러나 엄마는 그 질문에는 아무런 대답도 보내지 않았다. 그저 돌아오라는 말뿐이었다. 그는 알고 있었다. 집에 들어가서 하루 이틀 시간이 지나면 다시 예전과 같은 생활로 돌아가리라는 것을. 그 결말을 알기에 엄마가 돌아오라고 아무리 애원해도 쉽게 들어갈 수 없었다. 하지만 혼자서 어떻게 살아갈지도 막막했다.

— 나중 일은 나중에 생각해. 지금은 아무것도 생각하고 싶지 않아. 그냥 엄마에게서 벗어나기만 하면 되는 거야.

그때였다. 번개가 번쩍이더니 우르르 쾅. 천둥소리가 들렸다. 그리고 여름 소낙비가 쏴, 하고 쏟아졌다. 막혔던 무언가가 뚫리는 것처럼 시원한 빗소리였다. 강아경은 옥탑 창고 바닥에 누워 있다가 밖으로 나왔다.

— 야 비 한번 시원하게 오네. 이런 날씨에 오늘 옥탑 창고 못 구했으면 큰일 날 뻔했네.

새삼스레 심아경의 친절이 고마웠다. 심아경은 지금 뭐할까? 아경은 아경이 궁금해졌다. 그래서 카톡을 보냈다.

뭐 하냐?

그러나 대답이 없었다.

심아경…… 자니?

커다란 물음표가 그려진 귀여운 이모티콘도 함께 넣어보았다. 조금 쑥스럽긴 했지만 심아경이 웃는 모습이 상상이 되어 좋았다. 그런데 대답이 없었다. 자나 보네, 그렇게 생각하면서도 강아경은 심아경이 무엇을 하고 있는지 궁금했다. 시간은 이미 자정을 넘어 있었다. 쏴아쏴아, 빗소리가 시원했다. 빗소리를 잠시 듣고 있으려는데 빗소리 속에 이상한 소리가 섞여서 들려왔다. 사람의 소리였다.

아악……아…….

잘 알아들을 수 없었지만 울부짖는 소리 같았다. 강아경은 가만 가만 아래층으로 통하는 쪽문을 열고 고개를 빼꼼히 내밀었다. 심아경의 집 쪽인 듯했다. 쿵쿵대는 발소리도 들렸다. 강아경은 계단을 몇 걸음 내려가 보았다. 한 계단 한 계단 내려갈수록 빗소리가 멀어지면서 집 안에서 들리는 사람 소리가 좀 더 선명하게 들렸다.

"아빠. 잘못했어!"

심아경의 목소리였다. 강아경은 자신도 모르게 가슴이 철렁했다. 뭔가 자신이 도와줄 일이 있을지도 모른다는 막연한 느낌이 들었다. 심아경 집 현관문은 굳게 닫혀 있었다. 방음이 잘 안 되는 현관문 틈 사이로 그녀의 목소리가 새어나올 뿐이었다. 강아경은 4층과 이어진 계단 중간 즈음에 서서 굳게 닫힌 현관문을 뚫어져라 쳐다보았다.

철컹!

문이 열렸다. 동시에 그녀가 튀어나왔다. 머리카락은 온통 헝클어져 있었고, 티가 찢어져 한쪽 어깨가 드러난 데다 신발도 양말도 신지 않은 맨발이었다. 슬리퍼를 놓치면 큰일이라도 나는 사람인 양 작은 두 손에 온 힘을 주어 슬리퍼를 안고 있었다.

— 아…… 심아경…….

하지만 강아경은 차마 심아경을 소리 내어 부를 수가 없었다. 맨발로 복도에 서 있는 심아경의 모습이 마치 성적이 떨어졌다고 얻어맞다가 도망 나온 6학년 때 자기 모습 같다고 강아경은 생각했다. 심아경의 얼굴이 정면으로 보이진 않았지만 왠지 그녀의 볼에서도 눈물이 흘러내리고 있을 것만 같았다. 그가 머뭇거리고 있는 사이 그녀는 3층으로 내려가는 계단으로 향하고 있었다. 이 깊은 밤에 그녀는 어디로 가려는 것일까? 그는 순간 다급한 마음이 들었다. 그녀가 어디로 가려고 하는지 알 것 같았기 때문이다. 그가 엄마로부터 도망치기 위해 가출을 한 것처럼 그녀 또한 무언가로부터 달아나기 위해 옥상으로 갈지도 모를 일이었다. 그래서 그는 그녀를 다급하게, 그러나 조금은 조심스럽게 불렀다.

"너 뭐 하냐?"

2

강아경이 부르자 올려다보는 심아경의 눈에 눈물이 가득했다. 두 볼은 이미 눈물로 범벅이 되어 있었다.

─야…… 너…… 왜 그렇게 울고…… 있는 거야……?

그는 그녀에게 손을 내밀며 나지막한 목소리로 말했다.

"심아경…… 이리로 와……."

그녀가 고개를 주억거리며 맨발로 계단을 올라오더니 그의 손을 잡았다. 그는 그녀를 데리고 옥탑으로 나가 쪽문을 조용히 닫았다. 아무도 모르는 둘만의 공간에 이르자 갑자기 세상에 평화가 가득해지는 듯했다. 빗소리는 여전히 들렸지만 빗물은 아무도 아프게 하지 못할 터였다.

"들어가자."

그는 그녀와 함께 빗물을 피해 후다닥 창고 안으로 들어갔다. 창고 안에는 조그만 백열전구 하나가 켜져 있었다. 그녀는 난리를 치른 일이 부끄러운지 고개를 숙인 채 그의 눈을 똑바로 보지 못했다. 그 역시 그녀의 눈을 피하면서 나지막하게 말했다.

"비가 와서 밖에는 못 있잖아."

"으……응."

쏴아 쏴아. 빗물 쏟아지는 소리가 쉴 새 없이 들렸다. 엉거주춤 서 있다가 강아경이 먼저 입을 열었다.

"좀 앉아……."

"어."

그녀가 바닥에 털썩 주저앉았다. 그도 앉았다. 비스듬히 열린 창고 문틈으로 바깥 풍경을 바라보며 두 사람 모두 아무 말이 없었다. 침묵이 흐르는 사이 그녀 눈가의 눈물자국도 서서히 말라갔다.

두 사람은 나란히 앉아 제각기 빗소리에 귀를 기울였다. 빗소리 속에 두근대는 숨소리가 소리도 없이 들리는 것만 같았다.

— 아빠에게 왜 혼났냐고 물어볼까? 심아경이 창피해하려나? 그럼 아까 길에서 만난 뱁새눈과 아는 사이냐고 물어보나? 그것도 쪽팔리는 질문인가? 그럼 왜 긴팔만 입고 다니느냐고 물어보나? 옷 가지고 이야기하면 여자들은 싫어한다는데…….

수없이 많은 말이 그의 머릿속을 가득 채웠지만 한마디도 제대로 말이 되어 나오지 못했다. 무슨 말부터 먼저 꺼내야 할지, 어떤 말을 해야 심아경이 잘 받아들여줄지 감이 오지 않았다. 한참을 망설이던 그는 그저 한마디만 던졌다.

"무슨 일 있었어?"

그다지 맘에 드는 멘트는 아니었다. 좀 더 따듯하고 긴장을 풀어주는 말을 던지고 싶었는데 그의 혀는 맘대로 움직여주지 않았다. 그녀도 그의 말이 마음에 들지 않는지, 대답도 않고 그저 고개를 떨굴 뿐이었다.

"맨발로 어디 가려고 했냐?"

— 왜 또 꼬치꼬치 캐묻고 있는 거야.

두 번째 멘트도 그다지 좋은 점수를 줄 수는 없을 듯했다. 역시 그녀는 대답이 없었다.

"……."

혹시 심아경이 화난 거 아닐까, 하고 불안했지만 그는 다시 엉뚱한 걸 물었다.

"옥상 가려고 했어?"

— 그딴 것 묻지 말라고. 듣기 싫어하잖아.

역시 그녀는 기분이 안 좋은 게 분명했다. 대답을 하지 않았다.

"……."

"그랬지?"

— 아…… 나…… 진짜. 차라리 입을 다물어라.

그는 그녀의 눈치를 슬쩍 보았다. 그녀는 눈이 다시 빨개지면서 결국 닭똥 같은 눈물을 뚝뚝 흘렸다. 그걸 보니 강아경은 더 안절부절못했다. 그런데도 입에서는 이런 말이 튀어나왔다.

"너는 왜 툭하면 옥상으로 가려고 그러냐?"

약간은 책망하는 듯한 목소리였는지 모른다. 그러자 눈물을 떨구던 그녀가 퉁명스럽게 말했다.

"그럼 어디 가니? 내가 어디로 가면 되는 건데?"

그녀가 화가 난 것 같아서 강아경은 마음이 졸아버렸지만 겉으로는 애써 힘주어 말했다.

"그래……. 우리가 갈 데가 없지. 그래서 나도 가출한 거야. 그러고 보니 우린 정말 비슷한 점이 많네. 이름도 똑같고, 갈 데가 없다는 점도 똑같고……."

그의 말을 듣고는 그녀가 울다가 말고 피식 웃었다. 그녀가 웃는 걸 보니 그의 마음도 조금 편해졌다. 뭔가 좋은 이야기를 해주고 싶었다. 그녀가 좀 더 힘을 낼 수 있는 멋있는 말을……. 겨울 추위에 떨고 있는 것 같은 그녀에게 따뜻한 온기가 필요한 것 같았다. 강아경이 가라앉은 목소리로 물었다.

"옥상에서 처음 봤을 때…… 말이야……."

"응……."

"그때 너 정말 죽을 생각이었어?"

"나도…… 몰……라……."

"네가 그렇게 죽으면 너의 가족들이나 너를 사랑하는 사람들은 어떻게 하라고 그러냐?"

"슬퍼할 사람…… 같은 거…… 없어."

"왜 없어? 부모님 계시잖아."

그가 이렇게 말하자 그녀가 또 한 번 피식 웃었다. 그러나 이번의 미소는 어쩐지 슬퍼 보였다.

"아빠는 나를 귀찮아 할 뿐이야. 내가 없어지면 더 좋아할 거야."

"그럴 리가 있나? 그래도 아빤데."

강아경은 자기 아빠를 생각했다. 아빠는 늘 엄마와 싸우곤 했다. 싸움의 이유는 항상 강아경이었다. 공부 좀 그만 시키지 그래? 아직 중학생인데 너무하잖아. 아경이는 무척 잘하고 있는 거야. 아빠는 늘 그렇게 엄마에게 말했다. 하지만 엄마를 꺾을 수는 없었다. 엄마는 아빠보다도 강아경보다도 강했다. 그가 엄마를 힘들어 하듯이 아빠도 엄마를 힘들어 하고 있는 것 같기도 했다. 그렇게 무기력한 아빠지만 아들을 누구보다 사랑한다는 것을 강아경도 알고 있었다. 가출을 하면서 아빠가 가장 마음에 걸렸다.

아경아. 몸조심하고……. 며칠만 있다 들어오거라.

아빠는 그렇게 짧은 카톡을 보내왔었다. 그러나 짧은 몇 글자에는 아빠의 마음이 담겨 있는 것 같았다. 그런데 그녀는 그런 아빠의 모습을 상상할 수가 없나 보다. 그녀는 꺼질 듯한 목소리로 이렇게 중얼거렸다.

"넌 우리 아빠를 모르잖아."

"그……래. 모르지. 그럼 엄마는? 엄마는 네가 죽으면 얼마나 슬퍼하겠어?"

그는 힘들 때마다 옥상으로 달려가곤 하는 이 힘없는 여자애에게 뭔가 살아야 하는 이유를 깨닫게 해주고 싶었다. 그래서 그녀의 엄마 이야기를 꺼냈다. 만난 적도 없는 그 엄마를. 그러면서 그 순간 강아경은 자기 엄마가 떠올랐다. 강아경은 자기 엄마처럼 아들을 공부하는 기계로 아는 독한 마귀할멈 같은 엄마라도 아들이 죽어버린다면 미친 듯이 슬퍼하리라는 걸 확신했다. 그런데 심아경의 대답은 짤막하고 공허했다.

"엄마는 원래 없어. 어릴 때 나를 버리고 다른 남자와 살러 갔거든."

"헐……."

강아경은 더 이상 할 말이 없었다. 엄마가 없다고? 엄마가 없는 열다섯 살 인생은 상상할 수조차 없었다. 그만 일어나라, 지각한다, 밥 먹어라, 콜라 말고 과일을 먹어야 한다, 그런 친구 사귀면 안 된다, 그리고 공부해라 공부해라 공부해라, 다 너를 위해서다…… 끝도 없이 계속되는 엄마의 아우성으로 강아경의 열다섯 살 인생은 고통으로 꽉 차 있었는데 심아경에게는 그 엄마가 없다니! 자기는 엄마만 없으면 인생이 훨씬 자유롭고 편안하고 자기다운 인생을 살 수 있을 거라고 믿고 있었는데, 그녀는 엄마가 없어서 불행하다고 말하고 있는 것이었다.

그런데 왠지 엄마가 없다는 심아경이 부럽지 않았다. 그는 무슨 말을 해야 할지 몰라서 머뭇거리다가 이렇게 말했다.

"그…… 그래, 엄마가 없구나……. 그러면 공부하라고 때리는 사람 없어서…… 넌 좋겠다."

"공부하라고 때린다고?"

"그래!"

강아경은 자기도 할 말이 생겨서, 아니 심아경에게 조금이라도 위안이 될지도 모른다고 생각하며 큰 소리로 말했다.

"이거 봐. 내 허벅지 말이야. 회초리 자국이 남아 있잖아."

강아경은 반바지를 들어 올려 허벅지를 보여주었다.

"······."

그녀가 빤히 그의 허벅지를 쳐다보았다. 강아경도 자기 허벅지를 보았다. 희미한 자국이 보일 듯 말 듯 했다.

"지······ 지금은 희미해졌지만 처음에는, 처음엔 완전 대박이었다고!!"

한참을 허벅지를 쳐다보며 회초리 자국을 찾던 심아경은 문득 피식 웃었다.

"네 다리 왜 이렇게 튼튼하냐? 네 다리 멍들도록 때렸으면 때린 엄마가 더 힘들었겠다."

"그런가······."

그러고 보니 엄마는 두 손으로 기를 쓰고 덤벼들곤 했다. 힘들어하는 것은 그가 아니라 엄마였는지도 모르겠다. 그도 멋쩍게 웃으며 머리를 긁적였다. 그의 팔목에서 은빛 시계가 반짝였다. 그것이 눈에 띄었는지 그녀가 물었다.

"와······ 강아경. 네 시계 간지 난다."

"어 이거? 아빠가 얼마 전 생일 선물로 주신 거야. 초소형 캠코더 기능까지 있어."

이렇게 말해놓고 강아경은 순간적으로 아차 싶었다. 그런 시계 따위가 뭐라고 심아경 앞에서 자랑하다니. 마음을 다치게 한 것 같아 당혹스러웠다. 잠깐 창고 안을 비춘 웃음도 이내 잦아들었다. 강아경은 머쓱해져서 그만 입을 닫아버렸다. 침묵이 흘렀다.

잠시 후 심아경이 무거운 침묵을 깨며 말했다.

"좋겠다……. 너는 생일 선물을 챙겨주시는 아빠도 있고 관심을 가져주는 엄마가 있잖아. 네가 자살하면 엄마가 슬퍼하겠지?"

"무, 물론이지……. 우리 엄마는 아마 내가 잘못되면…… 죽어버릴지도 모르지…….''

"그거 봐. 엄마가 있어서 넌 좋겠다…….''

"아…… 미안. 나 잘난 체하려 한 건 아니야.''

"알아.''

"엄마한테 혼나는 것도 힘든 일이라고. 나도 도망가고 싶다고.''

"알아……. 그래서 이렇게 도망 나와 있는 거겠지…….''

"응, 맞아.''

그는 그녀가 자신을 조금 이해해주는 것 같기도 하고, 자신도 어린애가 아니란 걸 그녀가 알아주는 것 같기도 해서 고개를 끄덕였다. 그녀가 씁쓸하게 웃으며 중얼거렸다.

"하지만…… 너는 집에서만 도망 나오면 되잖아…….''

"뭐라고?''

"나는 집도, 학교도, 어디에도 숨을 곳이 없어. 도망가고 싶어도 이 세상 어디에도 내가 안전하게 숨을 데가 없다고. 그래서 도망 조차 갈 수가 없어……."

그는 입술이 굳어버렸다. 자기도 그녀만큼 힘들다고 무언가 이 야기해주고 위안을 주고 싶었는데 더 말할 게 없었다. 그녀는 벼 랑 끝에 서 있는 사람처럼 위태로워 보였다. 아니 외로워 보였다. 그녀의 아픔 앞에서는 왠지 그의 아픔은 아무것도 아닌 것처럼 작 아지기만 했다.

카톡 왔숑~.

휴대폰에서 소리가 들리자 그녀는 화들짝 놀라는 눈치였다. 그 런 그녀의 모습을 보면서 그는 조금 이상하다고 생각했다. 그녀는 다급하게 휴대폰을 터치해서 카톡의 사연을 확인했다. 몇 글자를 읽어 내려간 후 그녀의 표정은 더욱 어둡게 일그러졌다. 누가 보낸 카톡이냐고 물어도 그저 친구라며 짧게 대답할 뿐 더 이상 말이 없 었다. 잠시 후 또 카톡 왔숑~~카톡 왔숑~~이 연달아 울리자, 그 녀는 한 손가락으로 입술을 뜯다가 마지못해 뭔가 한두 줄 톡을 쳐 서 답변을 보내더니 들릴락 말락 한 목소리로 중얼거렸다.

"어떻게 하지. 어떻게 해……."

"무슨 일인데?"

"아니야……. 너는 몰라도 돼……."

그는 더 이상 묻지 않았다. 아니 묻지 못했다. 너는 몰라도 된다고 말하는 그녀가 갑자기 멀게 느껴져서였다. 그녀에게 거부당한 것 같은 무안함에 그가 머뭇거리고 있는 사이 그녀는 두 팔로 무릎을 당겨 안으면서 얼굴을 파묻었다. 그러자 찢어진 티의 옷자락 사이로 뽀얀 겨드랑이 살이 살며시 드러났다. 그는 얼굴을 붉히며 얼른 고개를 돌렸다가 이내 다시 그녀에게 시선이 돌아갔다. 그리고 겨드랑이에서 이어지는 부드러운 선을 따라 그의 시선도 움직였다. 물론 그 부드러운 선은 얼마 가지 않아 옷에 가려 끊기고 말았지만 말이다. 문득 코끝에 그녀의 체취가 와 닿았다. 강아경이 자기도 모르게 그녀에게 좀 가까이 당겨 앉으려 하는 순간, 그녀가 갑자기 고개를 들었다. 그는 깜짝 놀라 얼굴을 돌리며 벌떡 일어섰다.

"……어…… 저…… 나 잠깐 바람 좀 쐴래."

그가 밖으로 나가려고 비스듬히 열려 있는 창고 문을 밀 때 그녀가 그를 올려다보며 말했다.

"강아경. 난 네가 부러워. 난 한 번만이라도 좋으니까 엄마에게 맞아보기라도 해보고 싶어."

빗소리에 섞인 그녀의 목소리가 안쓰러웠다. 창고 밖으로 나가려던 그는 그녀를 돌아보았다. 그녀가 또다시 눈물이 가득한 눈을 동그랗게 뜨고 그를 보고 있었다. 그는 그녀의 말에 무조건 고개를 끄덕여주고 싶었다.

"그…… 그래. 그렇겠다……."

창고 밖 옥탑에는 온통 빗소리로 가득했다. 두두둑 두둑, 창고 지붕에 빗줄기가 부딪치는 소리. 쏴와 쏴아, 굵은 빗줄기가 하늘에서 쏟아지는 소리. 빗소리 속에 그의 심장이 뛰고 있는 소리도 섞여 들릴 것만 같았다. 그는 차가운 빗물에 화끈거리는 얼굴을 적셨다.

잠시 후 다시 창고 안으로 들어가니 그녀는 어느새 창고 바닥한 귀퉁이에 쓰러지듯 엎어져 잠이 들어 있었다. 피곤했는지 가슴을 들썩이며 곤한 숨소리까지 내면서 말이다. 그는 벽에 기대고 앉아서 심아경의 잠든 얼굴을 물끄러미 들여다보았다. 깊은 잠에 빠진 심아경은 마치 아무 일도 없다는 듯 천진한 표정이었다. 그러나 어깨 부분이 찢어져 나간 옷을 보니 겁에 질려 불안에 떨었을 그녀의 모습이 상상이 되어 잠든 모습조차 애처롭기 그지없었다. 도대체 그녀를 둘러싸고 어떤 일들이 벌어지고 있는지 알 수가 없어서 강아경은 답답했다. 그녀에게 뭔가 도움을 주고 싶은데 뜻대로 잘 되지 않았다. 그러나 한 가지만은 점점 분명해졌다.

— 심아경…… 네가 좀 편안하고 행복해졌으면 좋겠어…….

시간은 새벽 3시가 다 되어가고 있었지만 그는 왠지 잠이 오지 않았다. 피곤한 가운데서도 정신은 더 맑아지고 깊은 밤의 기운 속에서 묘한 감흥을 느끼고 있는 자신을 발견했다. 아직은 조금 낯선, 그러나 아주 오래전부터 알아온 것처럼 그녀가 친근하게 느껴졌다. 어쩌다가 알지도 못하는 주택단지의 한 상가 옥탑에서 그녀와 단둘이 있게 된 것인지 신기했다. 아경과 아경은 그렇게 함께 있었다.

시간이 얼마나 흘렀을까. 강아경이 자신도 모르게 잠깐씩 선잠을 들었다가 깨곤 하는 사이에 날이 새기 시작했다. 서서히 빗줄기도 가늘어지고 빗소리도 잦아들었다. 그리고 저 먼 하늘 끝에서부터 서서히 어둠이 걷히고 있었다. 어느새 비에 젖어 있는 옥탑 마당에 햇살이 비치며 하얗게 반짝였다.

아침 햇살에 눈을 뜬 강아경이 일어나 보니 심아경이 옆으로 몸을 움츠린 채 여전히 자고 있었다. 주머니에서 휴대폰을 꺼내 시간을 보았다. 벌써 8시가 다 되어가고 있었다.

"야, 심아경 일어나! 어서! 학교 지각하겠다."

잠이 깬 그녀가 엉거주춤 일어나 앉으며 말했다.

"학교?"

"그래. 학교 갈 시간이야."

그녀는 주변을 돌아보았다. 간밤의 일들이 떠오르는 듯했다. 그가 다시 말했다.

"학교 늦겠다고."

"가기 싫어."

"왜?"

"그냥."

"야, 학교가 가고 싶다고 가고, 가기 싫다고 안 가도 되고……
그런 데냐?"

"치…… 그럼 너는 왜 안 가니?"

"나…… 나는 가출해서……."

"너는 가출해서 학교 안 가도 되고 나는 가야 되니?"

그녀는 나지막한 목소리로 말했다. 강아경은 스스로 생각해보
아도 자기는 학교를 안 가도 되고 그녀는 꼭 가야 하는 이유를 만
들어낼 수 없었다. 별달리 설명할 길이 없었다. 다만 그녀의 모든
것이 걱정되는 마음일 뿐이었다.

"어차피 나 같은 거 학교 가나 안 가나 아무도 신경도 안 쓸 텐
데 뭐……."

"그래도……."

"네가 뭘 알아? 학교 가기가 얼마나 무서운지……."

"학교가 왜 무서워……?"

"……."

"학교가 왜 무서운데……. 너 왕따야?"

"……아……니야. 아무것도……."

"말을 좀 해봐."

"……."

"심아경!"

"네가 내 마음을 어떻게 알아?"

"왜 몰라? 말을 해주면 알 수도 있잖아……."

"아니야…… 너는 몰라……. 너는 공부도 잘한다며? 너희 집은 1단지라며? 거기 50평 아파트잖아. 너는 엄마도 있잖아……. 너는 키도 커서 아무도 함부로 못 건드리지? 무서운 사람도 없지? 모든 게 만만하지? 그런데 네가 내 마음을 어떻게 알아. 너 같은 애가 나 같은 애의 마음을 어떻게 아냐고."

그는 난감해졌다. 무슨 말을 해야 할지 잘 떠오르지 않았다. 아니야. 나도 힘들어. 나도 엄마가 무섭고, 성적이 떨어질까 봐 늘 불안했고, 공부 잘해서 애들이 재수 없다고 왕따시킬까 봐 눈치 본다고! 이렇게 솔직하게 말해버릴 수도 없었다. 그녀 앞에서는 무슨 말을 해야 할지 자꾸 생각이 나지 않았다. 그의 좋은 머리도 그녀 앞에서는 잘 돌아가지 않는 듯 멍해질 뿐이었다. 게다가 그녀가 울먹이고 있는 상황에서는 더욱 힘들어졌다. 그는 아무 말도 하지 못한 채 바닥만 쳐다보다가 다시 고개를 들어 그녀 눈치를 보았다. 결국 그녀는 또다시 닭똥 같은 눈물을 주르륵 흘리고 말왔다. 그는 더 당황스러웠다.

─아 씨…… 어떻게 해야 하지……. 뭐라고 하냐고…….

자꾸만 심장 한 귀퉁이가 아려왔다. 가슴이 아픈 것 같았다. 다른 사람의 눈물에 나의 마음이 아프고 같이 울어버릴 것 같은 기분은 그에게는 난생처음 갖는 경험이었다. 그것은 친구의 고민을 들으면서 고개를 끄덕여주는 기분과는 사뭇 달랐다. 눈물은 그저 얼굴을 타고 내리는 뜨거운 액체일 뿐인데, 그녀의 눈물 때문에 그의 가슴 언저리에 정말 통증이 번져오는 것만 같았다. 그도 그녀를 따라 울고 싶었다. 그는 생각했다.

─슬플 때 가슴이 아프다는 건 그냥 말로만 하는 표현이 아니구나. 실제로 심장이 아픈 거구나. 이렇게 말이야……. 내 심장에 반창고를 붙여야 하는 걸까……. 아니 그녀의 심장에 반창고를 붙여주고 싶다…….

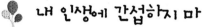 내 인생에 간섭하지 마

1

아침이 되어 옥탑에서 내려온 심아경은 집에 들어갈 수가 없었다. 아빠가 무서워 벨을 누를 수가 없었기 때문이다. 결국 학교는 완전히 늦어버렸다. 심아경은 아빠가 출근할 때까지 기다렸다가 휴대폰에 달아놓은 집 열쇠로 살그머니 현관문을 열고 들어갔다. 그리고 뒤에 서 있는 강아경에게 말했다.

"들어와……."

강아경은 조금 쑥스러워하는 것 같았다. 그녀는 마치 오랫동안 멀리 떠나 있다가 돌아온 듯 집안 풍경이 낯설었다. 익숙하던 공간이 하룻밤 사이에 무척 달라 보였다. 아빠 방에 널브러져 있는 침대 위 이불, 식탁 위에 하나만 남은 포도주잔(깨진 포도주잔은 치웠는지 흔적도 보이지 않았다.), 아빠의 파자마와 아줌마의 하늘거리는 잠옷이 침대 위에 아무렇게나 널브러져 있었다. 테이블 옆에 놓여 있던 아빠의 검은 가방은 사라지고 없었다.

— 어제 그 돈만 가지고 나왔어도…….

심아경은 가방이 놓여 있던 자리를 뚫어져라 쳐다보았다. 그때 강아경이 심아경에게 말했다.

"야 심아경, 빨리 옷 갈아입고 학교 가!"

심아경이 강아경을 기가 찬다는 듯 돌아보았다.

"야…… 너는 가출해서 무단결석하면서 왜 자꾸 나만 학교 가라 그러니? 엄마도 아니면서."

강아경이 머쓱하게 웃었다. 심아경은 욕실로 들어가 수도꼭지를 틀었다. 차가운 물이 쏴 하고 쏟아졌다. 어젯밤 빗물처럼. 쏟아지는 물 아래 선 채 심아경은 거울을 바라보았다. 자신의 모습을 들여다보는 것이 어쩐지 오랜만인 것 같았다. 예전보다 조금 마른 듯도 했다. 입술 근육을 움직여 살짝 미소를 지어 보았다. 하지만 입술 근육을 움직인다고 해서 미소가 되지는 않았다. 근육이 실룩거릴 뿐 마음은 웃지 못하니까. 샴푸 향이 좋았다. 하지만 샴푸 향이 좋다고 해서 달라지는 것은 아무것도 없었다. 아가리를 벌린 뱀처럼, 현실은 여전히 저만치서 혀를 날름거리며 그녀를 노리고 있었다.

심아경은 자신에게 물었다.

— 이게 진짜 현실일까?

하지만 이게 현실이 아니라면 도대체 어디에 그녀의 진짜 현실이 있는지 알 수 없었다. 믿고 싶지 않지만 현실은 '여기'였다. 인정할 수밖에 없었다. 다만 현실 안에 존재하느냐, 현실이라는 틀 밖으로 달아나느냐의 선택이 있을 뿐.

젖은 머리를 수건으로 싸매고 마루로 나오자 강아경이 눈을 멀뚱멀뚱 뜨고 목석처럼 욕실 앞에 서 있었다. 그러고는 멋쩍게 웃어 보였다. 그녀는 심드렁한 표정으로 방으로 들어왔다. 아무렇게나 걸어놓은 교복과 공부한 흔적이라고는 찾아볼 수 없는 조그마한 책상과 매트리스 딸랑 하나. 가만히 서서 방을 둘러보는데, 웬일인지 자기 방까지도 낯설기만 했다. 그 공간에서 시간을 보내던 지난 모든 날들이 마치 현실이 아닌 것처럼 아련했다. 아주 오랫동안 여행을 다녀온 것처럼. 아니 아주 긴 여행을 떠나는 사람처럼 이곳이 금세 그리워질 것도 같았다. 심아경은 행거에서 교복을 집어 들었다. 구김이 심하게 가 있었지만 개의치 않았다. 구겨진 교복 치마를 입고 다닌 지 이미 오래였다.

"삼십만 원 못 만들어 오면 알지?"

지수의 말이 머릿속을 온통 헤집고 다니고 있었다. 교복을 입으며 아경은 공허하게 중얼거렸다.

— 어떻게 하지……. 어떻게 하지…….

옷을 갈아입고 머리의 물기를 대충 털고 마루로 나오자 그가 여전히 멀뚱거리며 서 있었다.

"넌 어떻게 할래? 나는 문을 걸고 나가야 하는데. 아, 이러면 되겠다. 내가 열쇠를 너에게 줄게. 여기 있다가 문 걸고 나가. 열쇠는 옥탑 창고의 창틀에다가 숨겨두면 되지 않을까?"

"그, 그래."

그때였다. 갑자기 누군가 열쇠로 문을 여는 소리가 들렸다. 아경과 아경은 깜짝 놀라 무슨 잘못이라도 하다가 들킨 사람처럼 눈을 동그랗게 뜨고 문 쪽을 쳐다보았다. 누군가 문을 열고 들어왔다. 문을 열고 들어오는 사람도 깜짝 놀라서 아경과 아경을 쳐다보았다.

"아니, 딸내미가 있었네."

"누구세요?"

"부동산이야. 아빠가 집을 내놓았거든. 급하게 아침에 집을 보자고 하는 손님이 있어서 모시고 왔지. 아빠가 집이 항상 비니까 여벌 열쇠를 부동산에 맡겨놓았는데 이 시간에 아무도 없는 줄 알고 문을 직접 따고 들어왔네……."

부동산 아줌마를 따라 젊은 부부가 들어왔다. 집 좀 봐도 되죠? 라고 물었지만 심아경의 대답도 듣기 전에 그들은 신발을 벗고 마루로 들어섰다. 집을 돌아보며 젊은 부부는, 벽지가 너무 더럽다, 도배를 다시 해야겠어, 베란다가 좁은 것 같은데, 하며 소곤소곤 말이 많았다. 부동산 아줌마는 빈집에 학교도 안 가고 같이 있던 아경과 아경을 힐끗힐끗 쳐다보았다. 그녀는 부동산 아줌마의 불편한 시선에 주눅이 들면서도 이렇게 물었다.

"아빠가 어디로 이사 간대요?"

아줌마는 이미 그녀를 불량 청소년쯤으로 낙인찍어버렸는지 입을 삐쭉거리고 눈동자를 아래위로 굴리며 훑어보다가 대답했다.

"그야 나도 잘 모르지. 어쨌든 신도시 어딘가로 이사한다는데…….
아빠가 말 안 해주셨어?"

"네."

부동산 아줌마는 집을 다 보고 나가면서 혼잣말처럼 중얼거렸다.

"딸 하나 있다더니만 아침부터 웬 남학생이……. 하여간 요즘 애들은……."

심아경은 들으라고 하는 소리일지도 모를 그 소리를 고스란히 들으면서 조용히 서 있을 뿐이었다. 더 이상 나빠질 것도 없다 싶었다. 부동산 아줌마가 아빠에게 고자질을 해서 또 혼나게 된다고 한들 더 이상 나빠질 상황도 없었다. 어차피 가장 밑바닥에 그녀는 서 있었으니까. 어차피 아빠는 혼자서 이사를 계획하고 혼자서 떠날 모양인지도 모른다. 심아경은 생각했다.

— 나는 어디로 가게 되는 걸까?

왠지 아빠가 새로 이사한다는 집에는 그녀의 공간이 없을 것 같았다. 아줌마와 아빠가 단둘이 함께 있는 모습만 상상될 뿐이었다. 그녀는 자신이 어디에 존재하는지, 앞으로 어디에 존재해야 할지 점점 더 알 수 없었다. 모든 게 자신을 몰아내고만 있는 듯이 느껴졌다.

— 설마 나를 놓고 가는 것은 아닐까? 나 혼자 남아 계속 이 학교를 다니게 되는 건가? 차라리 나를 데리고 가서 전학을 하게 된다면 좋을 텐데…….

부동산 사람들이 가고 문이 닫히자 아경과 아경은 약속이라도 한 듯 안도의 한숨을 쉬며 서로 바라보았다. 그녀는 그를 바라보며 묻고 싶었다.

— 너는 나의 친구가 되어줄 수 있니? 네가 나를 도와줄 수 있을까?

그렇게 묻는다면 어쩌면 그는 따뜻한 미소를 지으며 고개를 끄덕여줄지도 모른다. 그리고 두 번째 마주쳤을 때 넘어진 그녀에게 손을 내밀어준 것처럼, 어젯밤 아빠에게 쫓겨나 울고 있을 때 손을 내밀어준 것처럼 또다시 따뜻한 손을 내밀어줄지도 모른다. 하지만 이내 그녀는 고개를 흔들었다. 무언가에 대한 희망을 품을 용기조차 나지 않았다. 그저 지수와 지수 친구들과 지수의 남자친구 대세와 또 대세 패거리의 얼굴이 하나씩 떠오를 뿐이었다. 아무도 그들을 당해낼 수는 없을 것 같았다. 어디에도 그녀가 안전하게 머무를 곳은 없을 것만 같았다.

그녀는 책이 한 권도 들어 있지 않은 빈 책가방을 어깨에 메고 실내화인 삼선슬리퍼를 가방에 쑤셔 넣은 채 운동화를 꺼내 신었다. 그러나 쉽게 발길이 떨어지지 않았다. 이 문 밖을 나가면 어떤 일이 자신을 기다리고 있을지 두려웠다. 다시는 돌아오지 못할 것만 같았다. 시곗바늘 소리만 정적을 깨듯 부지런히 들려왔다.

그때 무거운 침묵을 가르며 전화벨이 울렸다. 전화벨 소리만 들려도 심아경은 가슴이 벌렁거렸다. 지수가 휴대폰을 놔두고 집 전화를 걸 리가 없는데도, 머잖아 이 집마저 지수와 그 친구들에게 잠식당해버릴 것 같은 막연한 불안에 떨었다. 아니, 지수보다 먼저 아빠가 이 집을 없애버릴 염려가 생겼지만.

심아경은 머뭇거리다가 운동화를 벗고 방으로 달려가서 전화를 받았다. 아빠 전화인지도 모를 일이었다. 어쩌면 어젯밤 일이 마음에 걸려 전화할지도 모른다고 잠시 기대를 가져보았다.

"여보세요."

"아니, 이게 누고. 아경이 아니가."

"할머니."

역시 아빠는 아니었다.

"와 아직 학교 안 갔나. 아빠한테 오늘이 네 생일이라고 말해줄라고 전화했는데, 아경아, 미역국은 먹었나?"

"아니……."

그녀는 갑자기 목이 메어왔다. 처음 엄마가 집을 나가버린 후 할머니가 자주 집에 와서 살림을 해주기도 하고 그녀를 돌봐주기도 했지만 할아버지가 뇌경색으로 쓰러진 다음부터는 몇 년째 할머니도 통 아경이네 집에 오지 못했다. 가끔 전화만 할 뿐이었다. 하지만 할머니는 심아경에게 그나마 마음 붙일 수 있는 유일한 사람이었다. 이, 나쁜 년. 서방이 애먹인다고 다른 놈이랑 바람이 나서 지 자식 버리고 달아난 년이 얼마나 잘 사나 보자. 언제나 아경이 앞에서 엄마 욕을 하던 친할머니였지만 그래도 그녀는 자꾸 할머니만 불러보았다.

"할머니……."

"오야. 내 새끼 밥 마이 먹고 다니그래이……. 아빠에게 맛있는 것 사 달라 하고. 서울은 학교를 와 이리 늦게 가노. 어여 가그래이."

"할머니……."

"오야. 어여 가그래. 지각하면 선상님에게 혼난다. 공부 열심히 하고…… 아빠 말 잘 듣고…… 알았나……?"

"할머니……."

심아경은 아무 말도 할 수 없었다. 늙고 무지하고 힘도 없는, 그리고 저 멀리 시골에 계시는 할머니에게서는 아무런 도움도 바랄

수가 없었다. 할머니 마음만 아프게 할 뿐이리라. 그저 할머니를 수화기에 대고 불러볼 뿐이었다.

그녀는 전화를 끊고 나서 다시 운동화를 신었다. 그리고 현관문을 열려다 말고 바닥에 털썩 주저앉았다.

"좀 더 있다가 갈래."

"왜?"

"이미 지각인걸. 차라리 1교시가 끝나고 가는 게 더 좋을 것 같아……."

그녀는 그렇게 둘러대고는 강아경이 함께 있다는 것조차 잊은 듯 혼자서 중얼거렸다.

"어떻게 하지……. 어떻게 하지……. 어떻게 하냐고……."

보다 못한 강아경이 함께 신발을 신으면서 말했다.

"같이 나가자."

"왜?"

"그냥……. 네가 학교 가기 무서워하니까……. 데려다줄게."

"싫어……. 괜찮아……. 나 혼자 갈 거야……. 다른 애들이 보잖아."

"정말 혼자 갈 수 있어? 혼자 가고 싶어?"

"응."

심아경은 강아경을 뿌리치고 현관문을 열었다. 밖에서 환한 빛이 들어왔다. 하늘은 하룻밤 사이 화창하게 개어 있었다. 세상은

늘 이렇게 능청스럽다. 자기 혼자 환하고 자기 혼자 화창하게 개어 있다. 그래서 그녀는 더 속이 상했다.

"잠깐만."

강아경이 그녀를 불러 세웠다. 그녀는 나가려다 말고 그를 돌아보았다. 그랬더니 그가 자기 손목에서 시계를 풀면서 말했다.

"이거 네가 차고 있어."

"네 시계를 왜 내가 차니? 아빠에게 선물로 받은 거라며……."

"아니야. 네가 해."

심아경은 그녀의 손목에 직접 시계를 채워주는 강아경의 손을 물끄러미 바라보았다. 그녀가 힘들 때면 기꺼이 내밀어주던 든든한 손, 그 손을 믿어보고 싶었다. 물끄러미 그 손을 바라보는데 강아경의 목소리가 들렸다.

"자. 다 채웠다. 맘에 들어?"

"……."

"이젠 나의 시간은 너의 시간이기도 한 거야."

"그게 무슨 소리야?"

"어…… 그러니까…… 말이야. 소중한 사람하고는 시간을 함께 나누는 거래……. 넌 혼자가 아니라는 뭐 그런 뜻이야."

심아경은 빙그레 웃었다. 믿고 싶었다. 혼자가 아니라고, 누구보다 간절히 그렇게 믿고 싶었다.

하지만 심아경은 혼자서 집을 나섰다. 아주 먼 길을 떠나는 기분이었다. 볼에 닿는 공기가 제법 선선했다. 머잖아 여름도 끝날 것이다. 어제 비는 여름이 가는 비였나 보다, 생각하며 그녀는 터벅터벅 걸었다.

골목을 돌아 큰길로 나왔다. 갈림길이었다. 하나의 큰길은 주택단지에서부터 북쪽으로 근린공원을 지나, 강아경을 처음 만난 옥상이 있는 00아파트 2단지, 그다음에는 강아경이 사는 00아파트 1단지, 그리고 강아경이 다니는 H중학교까지 이어져 있었다. 또 다른 큰길은 남쪽으로 주택단지에서부터 심아경이 다니는 Y중학교까지 이어져 있었다.

그녀는 잠시 갈림길에 서서 양쪽을 차례로 돌아보았다. 북쪽으로 간다면 강아경을 처음 본 아파트 옥상이 나오리라. 옥상에서 내려다보던 동네 풍경이 떠올랐다. 평화로운 그 풍경 속으로 들어가고 싶었다. 아니 세상 밖으로 나가고 싶었다. 남쪽으로 가면 학교였다. 학교에는 지수와 그 패거리들이 아가리를 벌리고 심아경을 기다리고 있었다.

심아경은 갈림길에 서서 망설였다. 옥상으로 갈지, 학교로 가야 할지. 북쪽으로 난 길을 바라보며 심아경은 팔뚝 위의 시계를 만지작거렸다. 강아경의 시계는 그녀에게 제법 커서 손목 위로 한참 올라가서야 착 달라붙어 있었다. 망설이던 그녀는 북쪽이 아니라 학교 쪽으로 발길을 돌렸다.

　이미 2교시 수업이 시작됐기 때문에 운동장에는 체육복을 입고 체육 수업을 하는 학생들 외에는 아무도 없었다. 교문 앞에서 복장 검사를 하는 선생님과 아이들도 이미 들어간 지 오래였다. 학교는 쥐 죽은 듯이 고요했다.

　학교 본관 입구에 다다르자 그녀는 책가방에서 삼선슬리퍼를 꺼내 툭 던지듯이 내려놓았다. 그리고 운동화를 벗고 한 발씩 슬리퍼에 끼어 넣었다. 슬리퍼를 다 신고 그녀는 학교 건물 안쪽의 회색빛 복도를 뚫어져라 쳐다보았다. 마치 처음 와 보는 곳처럼. 천천히 긴 복도로 들어섰다. 복도 입구에는 상담실이 있었다.

　　무엇이든 이야기하세요. 도와드립니다!
　　진로, 친구관계, 가족 문제, 성적 등 도움이 필요한 사항은 무엇이든지 함께 대화할 수 있습니다!

이렇게 쓰여 있는 표지판 앞에 그녀는 잠시 멈춰 섰다.

　― 엄마가 없는 것만 물어보는 상담 따위 아무런 도움이 안 돼…….

　심아경은 상담실 앞을 그냥 지나쳐 회색빛 복도로 걸어 들어갔다. 빛이 잘 들지 않는 긴 복도였다.

2

6교시가 끝나는 종이 울렸다. 심아경은 손이 떨려왔다. 탈출에 대한 희망 같은 것은 서서히 포기가 되었다. 그저 폭풍우가 흔들어대는 대로 몸을 맡기고 폭풍우가 지나가기만을 기다리는 앙상하게 마른 나무처럼 묵묵히 두려움 속에 빠져 있을 뿐이었다. 하교하는 학생들 사이로 심아경도 같이 걸었다. 그러나 그녀는 삼삼오오 짝을 지어 왁자지껄 웃으며 걷는 아이들이 마치 딴 세상 아이들처럼 느껴졌다.

교문 밖으로 나오니 대세와 대세 친구들이 서 있었다. 주머니에 두 손을 넣고 서 있는 대세가 심아경을 발견하자 따라오라는 손짓을 한 후 친구들과 앞장서 걸었다. 심아경은 목석같이 서서 그 모습을 쳐다보았다. 발길이 떨어지지 않았다. 그러자 뒤따라오던 지수가 바로 뒤에 멈춰서더니 손가락으로 심아경의 등을 쿡 찌르며 떠밀었다.

"뭐 하냐? 대세 오빠가 따라오라잖아!"

온몸에 힘이 빠져 있는 심아경의 어깨는 지수의 손가락 하나에 휘청거리듯 흔들렸다. 곧이어 이은주가 껌을 질겅질겅 씹으며 심아경을 툭 쳤다. 유진희도 툭 치며 말했다.

"가자니까."

심아경은 도살장에 끌려가는 소처럼 무거운 걸음을 떼었다. 뒤에서는 지수 패거리들이 낄낄거리며 따라붙었다.

"빨리 빨리 걸어라."

도로에서는 차들이 지나가고 있었다. 스쿨존 표시가 되어 있는 도로라서 차들은 제법 천천히 달리고 있었지만 간혹 성질 급한 사람이 모는 차가 쌩, 하고 지나치는 것도 보였다. 심아경은 오금이 저렸다. 두 손을 모아 손끝을 만지작거리며 도로를 쳐다보았다. 옥상까지 달려갈 시간이 없다면 차라리 저 도로 위로 뛰어드는 것은 어떨까, 생각해보았다. 앞서 가는 대세 패거리의 뒷모습과 뒤따라오는 지수 패거리의 키득거리며 놀리는 소리 사이에 심아경은 갇혔다. 탈출구는 도로밖에 없었다.

— 지수에게 끌려가는 것이 더 고통스러울까? 차에 치이는 것이 더 고통스러울까?

사는 것이 더 두려운가. 죽는 것이 더 두려운가. 심아경에게 그것은 언제나 끝이 없는 물음표였다. 경험해본 것과 경험해보지 못한 것을 비교하는 것은 불가능한 일이었다. 그녀가 알고 있는 것은 그저 지금 살아 있음의 무게, 그 두려움의 무게일 뿐 죽음에 대해서는 알지 못했다.

그때였다. 달리는 차 소리에 섞이어 조금 익숙한 목소리가 들렸다.

"심아경!"

그녀는 초점을 잃은 멍한 눈으로 돌아보았다. 강아경이었다.

"어…… 강아경……."

구세주를 만난 듯 반갑기도 했지만 바로 다음 순간 뒤돌아보는 대세 패거리와 뒤따라오는 지수 패거리 사이에서 심아경은 마지막으로 잡아보려던 희망을 포기할 수밖에 없었다. 적이 너무 많고 그들은 훨씬 강했다.

"심아경. 집에 가자. 오늘 너 생일이라며……. 내가 생일 파티 해줄게."

"아…… 아니 괜찮아. 지금은……."

그녀는 말을 더듬으며 말했다. 대세와 지수 패거리들의 눈치를 살폈다. 멀찍이 떨어져서 이쪽을 쳐다보고 있는 살기등등한 시선이 느껴졌다. 강아경이 심아경의 가방을 잡아끌며 말했다.

"가자니까. 내가 집까지 바래다줄게. 그, 그리고 계속 너희 집에 그러니까 옥탑에라도 같이 있어줄게."

"괘…… 괜찮아."

"뭐가 괜찮아. 괜찮지 않으면서!"

그가 그녀의 팔을 강하게 끌어대자 그녀는 갑자기 화를 냈다.

"괜찮다고!"

"심아경…… 난 너를 도와주고 싶어서…… 너를 지켜주고……

싶어서…… 그러는 거야."

"내 인생에 간섭하지 마. 아무것도 해줄 수 없으면서! 뭘 어떻게 도와줄 건데? 넌 나를 도와줄 수 없어."

심아경은 그렇게 쏘아붙이더니 팔뚝에서 시계를 풀어서 강아경에게 던지다시피 건넸다.

"이거 가져가. 난 필요 없어. 넌 너나 지키라고."

절망보다 희망이 더 두려웠다. 어설픈 희망을 가졌다가 더 절망의 구렁텅이 속으로 떨어질 게 분명했다. 섣불리 희망을 가져보았자 대세와 지수 패거리들을 당해낼 만큼 강한 희망은 없었다. 세상 어디에도 그렇게 강한 희망이 있어줄 리가 만무했다.

강아경은 뜨악한 표정으로 한 손에 시계를 받아든 채 그녀를 쳐다보았다. 그가 머뭇거리고 있는 사이 지수와 지수 패거리들이 바짝 다가오너니 시시덕거리며 심아경에게 말했다.

"꼴에 남자친구 있냐?"

"아니야. 그냥 아는 애야."

심아경은 다시 주눅이 든 목소리로 지수에게 대답했다. 그 순간 심아경의 팔을 잡아끌던 강아경의 손아귀에 힘이 스르르 빠져나가는 게 느껴졌다. 그녀는 그를 힐끔 보았다.

— 강아경…… 미안해…….

맥없이 빠져나가는 그의 손을 그녀도 꼭 잡고 싶었다. 그리고 그 손을 잡고 어디론가 가고 싶었다. 옥상이나 도로가 아니라 무언가 새로운 희망이 있는 곳으로, 희망을 가질 수 있는 곳으로. 하지만 그렇게 하지 못했다. 멍한 표정으로 서 있는 강아경을 뒤로한 채 발 빠르게 지수를 따라나설 수밖에 없었다. 강아경이 천천히 돌아서 가는 게 보였다.

— 강아경…… 가지 마……. 가지 마……. 나 혼자 두고 가지 마.

마음속에서는 폭풍과 같은 아우성이 있었지만 한마디도 소리가 되어 나오지 않았다. 대세와 지수 패거리들을 따라 발길은 학교 앞 인도를 지나 주택단지를 지나 근린공원에 이르더니, 횡단보도를 건너 점점 더 인적이 드문 곳으로 갔다. 횡단보도를 사이에 두고 길 한편에는 아파트단지와 주택단지 등 주거지역이 있고 반대편은 공터와 공사장, 야트막한 야산들이 이어지고 있었는데, 바로 그쪽으로 점점 더 깊이 들어가고 있었던 것이다.

"왔나?"

공사장에 도착하니 누군가 다가와 대세와 지수에게 알은체를 했다. 모두가 그 학생을 대장처럼 떠받드는 눈치였다.

"일배야."

대세가 인사를 건넸다. 그래서 심아경도 새로 나타난 인물이 일배라는 것과 대세와 같은 학년이라는 것을 알 수 있었다.

"얘야?"

일배가 심아경을 눈짓으로 가리키며 묻자 지수가 고개를 끄떡거렸다. 일배 뒤에 서 있는 녀석들이 킥킥거렸다. 심아경은 눈이 흐릿해지는 것만 같았다. 문득 뒤를 돌아보았다. 이제는 강아경도, 집이 있는 주택단지도, 강아경을 처음 보았던 아파트도 보이지 않았다. 문득 생각했다. 아까 아침에 갈림길에서 학교로 가지 않고, 아파트 단지 쪽으로 갔다면 어땠을까? 지금쯤은 모든 게 끝나고 아무것도 느끼지 못하는 세상으로 가 있었을까? 그녀는 자문해보았다. 후회하니? 아침에 옥상으로 달려가지 않은 것을! 감당할 수 없는 두려운 시간이 다가오고 있는데, 아직 이곳에 생생하게 살아 있는 걸. 후회하니? 덧없는 물음표들만 가슴에 회오리쳤다.

공사장에는 아무도 없었다. 어두워질 때까지, 그리고 그 어둠이 더 깊어질 때까지 시간은 더디 흘렀다. 잘못했다는 말도 더 이상 나오지 않았다. 말할 기운조차 남아 있지 않았다. 사시나무 떨듯 떨리는 몸뚱이 안에서 심장이 터질 것처럼 벌렁댈 뿐이었다. 그렇게 살아 있었다. 그렇게 긴 시간을 공사장에서 두 번째의 밤을 또 다시 버티어냈다. 온몸이 만신창이가 되었을 무렵 지수가 마지막에 또 못을 박았다.

"다시 기회를 줄게, 내일까지야! 삼십만 원."

심아경은 대답조차 하지 못한 채 그들이 공사장을 빠져나가는 모습을 눈만 껌뻑대며 죽어가는 짐승처럼 쳐다볼 뿐이었다. 모든 태풍이 지나갔다. 온몸에 흔적이 남았을 뿐이었다.

긴 하루였다. 집으로 돌아가는 길은 아침보다 더 무거운 발걸음이었다. 어쩌면 다시 돌아가지 못할 것만 같은 집이었는데, 다시 집으로 돌아가고 있는 게 믿어지지 않았다. 기다리는 그 누군가가 있다는 것은, 나를 위해 울어줄 누군가가 있다는 것은, 어쩌면 그 무거운 걸음조차 이어지게 하는 끈인지도 몰랐다. 그녀는 마음속으로 강아경을 불러보았다.

— 아경아…… 강아경……!

골목으로 들어가 상가 건물 계단을 오르는 걸음이 조금씩 빨라졌다. 아빠는 아직 안 들어왔는지 집에는 불이 전부 꺼져 있었다. 심아경은 바로 옥탑으로 향했다. 힘들게 쪽문을 밀었다. 그 문 하나를 미는데도 온몸의 힘을 끄집어내야 했다. 창고의 불빛이 보였다. 강아경이 보였다. 마치 고지를 단 몇 걸음 남긴 사람처럼 마지막 남은 힘을 짜내며 강아경을 향해 걸음을 내디뎠다.

그가 놀란 눈으로 달려 나오며 그녀를 붙잡았다.

"심아경! 어떻게 된 거야?"

죽어가는 사람처럼 힘없이 처지기만 하던 손으로 달려 나온 강아경의 강한 팔을 잡는 순간, 그녀는 온몸에 긴장이 풀렸다.

— 헉헉! 이제 됐어. 다 왔어…….

그곳은 평화로웠다. 바깥에는 감당할 수 없는 폭풍우가 불고 있

어도 이곳만은 안전하다고, 안길 수 있는 따뜻한 품이 있다고, 적
어도 그 순간만큼은 희망을 믿고 싶었다.

다 죽여버리겠어!

1

그날은 강아경에게도 긴 하루였다. 넌 너나 지키라는 심아경의 말이 계속해서 가슴에 남아 있었다. 못내 서운한 마음으로 처음에는 심아경이 조금 미워지기도 했다. 하지만 바로 다음 순간 그녀의 불안에 떨던 눈빛이 떠오르자 모든 미움이 눈 녹듯 녹아내렸다.

강아경은 학교 앞에서 심아경을 보내고 혼자 옥탑으로 돌아왔다가 불안한 마음에 다시 밖으로 나갔다. 혹시나 싶어서 이 아파트 저 아파트 옥상을 뒤지며 돌아다녔지만 어디에서도 그녀를 찾을 수가 없었다.

—어디 있는 걸까? 아직도 그 애들에게 붙들려 있는 걸까?

하루 종일 불안한 마음에 긴 하루를 보내야 했다. 동네 여기저기를 뒤지며 그녀를 찾다가 결국 작은 케이크 하나 달랑 사서 옥탑으로 돌아오기까지, 그리고 케이크에 양초를 꽂아두고 오지 않는 그녀를 기다리는 내내 시간은 아주 더디게 흘렀다. 그날따라 사방은 조용하다 못해 적막했다. 심아경의 아빠는 아직 안 들어왔는지 4층에서는 아무런 소리도 들리지 않았고, 상가 1층의 닭강정집도 손님이 별로 없는지 조용했다. 만약 그녀가 돌아오면 집 열쇠를 받으러 일단 옥탑으로 올라오리라 생각하며 창틀에 놓아둔 열쇠만을 뚫어지게 응시하는 동안에는 시간이 아예 멈추어버린 듯했다.

— 왜 아직 안 오는 걸까……. 정말 무슨 일이 있는 건 아니겠지…….

수십 번도 더 곱씹은 낮의 일이 다시 떠올랐다. 그녀가 뿌리치던 순간에는 화가 났던 게 사실이다.

— 그래 네 맘대로 해. 너랑 나랑 무슨 상관이냐. 어차피 너는 너고, 나는 나일 뿐인데. 남의 인생인데 내가 무슨 자격으로 간섭하겠어?

그는 이런 생각에 그녀의 팔을 놓아버리고 돌아섰다. 그러고도 발길이 쉬이 떨어지지 않아 돌아보았는데 그녀는 그와는 달리 한 번도 돌아보지 않고 그 패거리들을 따라 걸어갔다. 어쩌면 그녀를 걱정하는 마음이 괜스런 불안인지도 모른다는 생각이 들 정도로 그녀는 냉정해 보였다.

그렇게 냉정해 보이는 그녀였지만 밤늦도록 돌아오지 않으니 불안한 마음은 걷잡을 수 없이 점점 커졌다. 불안한 마음이 커질 때면 애써 고개를 저으며 주문을 외우듯 중얼거렸다.

"괜찮아. 괜한 걱정이야. 별일 없을 거야. 곧 아무 일도 없다는 듯 돌아올 거야."

그때였다. 끼이익, 하고 쪽문이 열리는 소리가 들렸다. 강아경은 벌떡 일어나 창고 밖으로 나갔다. 쪽문 앞에는 그토록 기다리던 심아경이 들어서고 있었다.

"야, 왜 이제 오……냐……."

그 한마디가 다 끝나기도 전에 강아경은 그녀의 모습에 심장이 벌렁대기 시작했다.

"뭐야, 이건……."

헝클어지고 잘려나간 머리카락, 찢어진 삼선슬리퍼, 흙투성이의 치마, 허리춤 밖으로 다 삐져나온 교복 셔츠, 두세 개쯤 풀어진 단추들…….

그는 휘청거리는 그녀 앞으로 급히 다가서며 손을 뻗었다. 그리고 금방이라도 쓰러질 것 같은 그녀의 두 팔을 꽉 잡았다.

"심아경!"

그녀가 쓰러지듯 그의 팔에 매달리며 나지막하게 그를 불렀다.

"아경아……."

— 그래…… 나야…….

"나 좀 늦었지……."

그녀의 목소리가 꺼져가는 촛불처럼 힘이 없었다. 강아경은 순간 두 눈에 눈물이 핑 돌았다. 그리고 그녀를 혼자 보낸 낮의 일들이 다시 떠올랐다. 그러자 그녀에 대한 미안함과 낮의 일에 대한 후회가 가슴 저 밑바닥에서부터 치고 올라왔다.

— 내가 미안해. 정말 미안해. 혼자 보내는 게 아니었는데 네가 뭐라 해도 따라갔어야 했는데…….

창고 안으로 들어오자 백열전구 불빛에 그녀의 모습이 보다 선명하게 드러났다. 강아경의 두 손이 떨려왔다. 그것은 엄마에 대한 불평이나 공부하기 싫다고 짜증을 내던 그런 기분과는 완전히 달랐다. 가슴 전체에 불이 붙는 것처럼 뜨겁고 아팠다. 강아경은 다급하게 물었다.

"어떻게 된 거야. 누가 그랬어? 어디 봐봐."

그는 그녀의 긴 셔츠의 소매를 걷어보려 했다. 상처가 어느 정도인지 확인하려는 마음이었다. 그녀는 힘없이 손사래를 치면서 바닥에 주저앉았다.

"이러지 마……. 나 힘들어."

"아…… 미, 미안."

그는 그녀를 조심스럽게 바닥에 앉혔다. 그녀는 안도의 한숨을 내쉬며 무거운 고개를 벽에 기대었다. 그는 차마 앉지도 못하고 그녀 앞에 서 있었다. 자꾸만 두 주먹이 불끈불끈 쥐어졌다. 지수와 대세 패거리들의 얼굴이 떠올랐다. 그 한 사람 한 사람들을 모두 패주고 싶었다. 아니 그것보다 생각할수록 자기 자신에게 화가 났다. 왜 더 자세히 알아보려 하지 않았을까? 거부하는 그녀에게 내심 마음이 상해서 그냥 돌아와 버리다니. 왜 그렇게 바보 같았을까? 그녀로서는 겁이 나서 그렇게 할 수밖에 없었을 텐데. 왜 그 생각은 하지 못했을까? 왜 그녀가 끌려갔을 만한 곳을 더 집요하게 찾아보지 않았을까? 왜 그녀가 괜찮을 거라고 자기 편한 대로 위안 삼고 기다리고만 있었을까? 왜…… 왜…… 왜!

"도대체 걔네들이 너를 왜 괴롭히는 거야?"

"나도 몰라. 이유 같은 것은……. 그냥 내가 공부도 못하고 엄마도 없고…… 바보 같으니까……."

"그렇지 않아!"

그는 안타까웠다. 죄를 지은 사람처럼 고개만 숙이고 있는 그녀를 보니 더 마음이 아팠다. 그는 갑자기 그녀 바로 앞에 다가가 앉으며 손을 잡고 말했다.

"아경아. 우리 신고하자. 이건 우리끼리 알고 있어서는 안 되는 문제야."

멍하니 앉아 있던 그녀가 갑자기 눈을 반짝이며 다급하게 말했다.

"안 돼! 그러지 마. 그다음에 어떻게 하게? 걔네들이 다시 복수할 거야. 어차피 중학생이라 잡혀 들어가지도 않을 거고, 전학 간다고 해도 다시 찾아와서 괴롭힐 수도 있어. 신고해 봤자 아무 소용이 없어. 보복만 당할 뿐이야……."

"아빠한테라도 말해."

"그러면?"

"그러면……이라니?"

"아빠가 알게 된다고 해서 뭐가 달라지는데……. 아무것도 달라질 게 없어……. 아무 데도…… 아무 데도 숨을…… 곳이 없어."

그녀의 눈망울이 촉촉해졌다. 그런 그녀를 보자 그는 가슴속에서 뜨거운 것이 울컥 치밀어 오르는 것 같았다.

— 아…… 씨. 아…… 씨…… 어떡하지?

마땅히 좋은 생각이 떠오르지 않았다. 모든 게 현실이 아니라고 믿고 싶었다. 하지만 이게 현실이 아니라면 도대체 어디에 진짜 현실이 있는지 알 수 없었다. 믿고 싶지 않지만 현실은 '여기'였다. 인정할 수밖에 없었다.

그녀가 나지막한 목소리로 중얼거렸다.

"강아경…… 우리 처음 봤을 때 기억나?"

"그…… 그럼……."

"며칠밖에 안 지났는데…… 너를 오래전부터 알고 지낸 기분이야."

"나, 나도 그래……."

"그때…… 옥상에 네가 없었다면…… 그랬다면 말이야……."

"응……."

"난 어떻게 됐을까?"

"왜 그런 말을 해……."

"그때 차라리 죽었다면…… 지금쯤 편안해졌겠지? 그렇겠지?"

"그런 식으로 말하지 마. 죽는 건 나중에도 얼마든지 할 수 있어. 그건 가장 쉬운 선택이잖아……. 죽을 만큼 열심히 살아보다가 그래도 안 되면 그때 죽어도 되잖아."

"난 늘 차라리 죽어버리면 좋겠다고 생각했어. 죽으면 모든 게 끝이잖아. 이 모든 고통도 다 끝날 테니까."

"죽으면 모든 게 끝이라고 누가 그래? 어떻게 알아? 더 고통스러운 세계가 기다리고 있는지 우린 모르는 거잖아."

"그래도 죽으면 애들에게 괴롭힘 당하는 고통으로부터는 적어도 벗어날 수 있잖아. 걔네들도 더 이상 나를 괴롭히지 못할 거잖아……. 죽는 게 고통스럽다지만 살아 있는 게 더 고통스러운 것 같아……. 죽는 건 순간이지만…… 살아가는 건…… 계속이잖아. 내가 없어지면 걔네들도 나를 괴롭히지 못할 거고……."

강아경은 버럭 소리를 질렀다.

"네가 왜 죽어? 잘못한 건 걔네들인데? 왜 네가 죽어!"

"그럼 어떻게 해?"

"잘못한 건 걔네들이야. 맞서 싸워야 해!"

그녀가 피식 웃었다.

"내가 무슨 수로…… 무슨 수로 걔네들을 당해?"

강아경은 무슨 말이라도 해주고 싶었다. 좀 더 자신 있게 남자답게, 그녀가 안심할 수 있도록, 더 이상 사냥꾼의 총에 맞아 피를 흘리는 짐승처럼 이리저리 도망 다니지 않도록, 도와주고 싶었다.

그녀가 다시 그에게 말했다.

"강아경…… 난…… 아직 열다섯 살밖에 안 되었는데…… 왜 이렇게 사는 게 힘든 걸까?"

"……어쩌면 우리보다 더 힘들게 사는 사람들이 많을지도 몰라."

"그럴까? 난 내가 세상에서 제일 힘들고 불쌍한 거 같아."

"내……가 있잖아……. 내가 도와줄게……."

그의 말에 그녀가 빙그레 미소를 지었다. 강아경 자신조차 자기가 누군가에게 그런 위로의 말을 하고 있다는 게 새삼 놀라웠다. 한편으로는 계속 도와준다는 말만 할뿐 정작 그녀를 어떻게 도와주어야 할지 알 수 없어서 당혹스러워하는 자신의 모습이 한심스럽기도 했다.

— 강해져야 하는구나. 소중한 것을 지키기 위해서는 내가 강해져야 하는 거였어. 공부하기 싫다고 애기처럼 징징대서는 안 되는 거였어.

문득 그녀는 창고 한 귀퉁이에 놓여 있는 케이크를 발견한 모양이었다.

"어, 저거 내 생일 케이크야?"

"으응."

그는 쑥스러운 듯 대답했다. 내가 불 붙여줄게, 그렇게 말하면서 그는 점화용 성냥개비를 들고 불을 붙였다. 금세 열다섯 개의 초가 불을 밝혔다. 강아경은 조용히 일어나서 창고의 전등 스위치를 껐다. 그러자 열다섯 개의 초가 창고의 짙은 어둠을 더 선명하게 밝혔다. 어둠이 짙을수록 빛은 더 영롱하게 빛나는 법이니까.

그녀가 빙그레 미소 지었다.

"이쁘다⋯⋯."

"⋯⋯응."

"불까?"

"응. 불어."

후우욱!

"생일 축하해!"

그는 혼자서 멋쩍게 박수를 치며 말했다. 심아경도 강아경을 보며 웃었다.

"나, 생일 케이크 놓고 촛불 불어본 거 처음이야. 어릴 때에도 해본 기억이 없어."

"그래……?"

강아경은 생일마다 케이크에 촛불을 밝혀주고 선물을 챙겨주던 엄마가 생각났다. 생각해보니 강아경 자신은 세상으로부터 받은 게 결코 적지 않았다. 세상에서 자기가 제일 힘들다고 생각했는데, 엄마의 지나친 간섭 때문에 너무 불행하다고 여겼는데, 자기보다 더 힘든 사람이 있다는 것을 깨달았다.

그녀가 나지막한 목소리로 말했다.

"나 오늘…… 학교 갈 때 갈림길에서 잠깐 망설였었어……. 학교로 갈까, 옥상으로 갈까 하고. 늘 아침마다 옥상으로 가야지, 하면서 마음을 먹곤 했지. 오늘은 특히 더했어. 아이들이 몰려올 거라는 걸 알고 있었기 때문에 학교 가는 게 더 무서웠는데…… 그런데 갑자기 네 얼굴이 생각났어. 이상하지? 갈림길에 서서 한참 망설이는데 네 얼굴이 떠오르는 거야. 아마 네가 채워준 시계 때문이었는지 몰라. 만약 그때 네 얼굴이 생각나지 않았다면…… 어쩌면 나…… 옥상으로 가버렸을지도 몰라. 왠지는 모르겠어……. 그냥 네가 나를 간절히 기다리고 있을 것 같았어. 그래서 너를 슬프게 하기 싫었어."

그는 어쩐지 얼굴이 화끈거렸다. 케이크에 꽂혀 있는 열다섯 개의 초들이 자신을 쳐다보는 것만 같았다. 그녀는 다시 고개를 숙이며 이렇게 말을 이었다.

"그치만, 아경아…… 나 내일이 오는 게 두려워."

"혼자라고 생각하지 마. 내가 같이 있어줄게."

"너 힘세니?"

"그럼~! 꽤 센 편이야. 정말이야. 걱정하지 마."

그가 어리광이라도 부리듯 그렇게 으스대자 그녀는 아직 물기가 남아 있는 슬픈 눈으로 배시시 웃으며 혼잣말처럼 중얼거렸다.

"강아경…… 아까 낮에는 미안했어. 심하게 말해서."

"괜찮아."

"본심은 그게 아니었는데……."

"알아. 오히려 내가 미안해. 혼자 와버려서."

"……."

"그런데 팔 좀 내밀어봐."

"왜?"

"일단 잠깐 내밀어보라니까."

심아경은 영문을 알 수 없다는 듯이 조금은 수줍은 표정으로 가만히 있을 뿐이었다.

"어서!"

강아경은 웃으면서 그녀의 손을 잡아끌고는 가느다란 그녀의 팔목에 시계를 다시 채워주었다.

"이제 다시는 풀지 마. 나한테 돌려주면 안 돼. 알았지?"

심아경은 가만히 고개를 주억거리더니 문득 새끼손가락을 들어올리며 강아경에게 말했다.

"약속할게. 다시는 풀지 않는다고."

"약속!"

강아경은 멋쩍게 웃으며 자신의 새끼손가락을 그녀의 가느다란 새끼손가락에 걸고는 힘을 주었다. 앞머리에 가린 그녀의 눈빛이 어떠한지는 잘 보이지 않았지만 강아경은 느낄 수 있었다. 두 사람을 둘러싼 공기가 얼마나 따듯한 것인지.

밤이 깊었다. 그녀의 지친 몸은 점점 더 비스듬히 기울어갔다. 그리고 눈이 스르르 감기는 듯했다. 바닥 위에 쪼그리듯 누우며 그녀가 졸린 목소리로 중얼거렸다.

"내일 따위는 오지 않았으면 좋겠어. 하룻밤 사이에 삼십만 원이 어떻게 생겨……."

강아경의 눈이 갑자기 반짝였다.

"삼십만 원이라고?"

"으……응……. 지수가 내일까지 안 가지고 오면 정말 끝이래……."

그녀는 지쳐서 기절이라도 하듯이 그대로 잠이 들어버렸다.

강아경은 벌떡 일어섰다.

―삼십만 원이라고!

그 돈, 그것만 있으면 일단 지수 패거리들로부터 그녀가 벗어날 수 있는 거였어!

2

탁탁탁!

다음 날 아침 강아경은 급히 어디론가 달려갔다. 바로 자기 집이었다. 익숙한 계단을 뛰어 올라가 집 현관문 앞에 섰다. 비밀번호는 물론 다 아는 거였지만, 불쑥 들어갈 수는 없었다. 8월 15일 광복절, 엄마의 속박으로부터 벗어나 자유롭게 살겠다며 집을 나왔다가 십여 일 만에 도움이 필요해서 집을 찾아왔다는 게 약간 자존심이 상했다. 그래서 벨도 누르지 못하고 비밀번호도 누르지 못한 채 주춤거렸다. 그런데 안에서 인기척이 나더니 갑자기 현관문이 활짝 열렸다.

엄마였다. 엄마는 복도에서 나는 발걸음 소리만 듣고도 아들인지 알 수 있는 마법이라도 가지고 있나 보았다. 기다렸다는 듯이 맨발로 달려 나와 문을 열었던 것이다. 엄마는 멀대같이 키가 큰 아들을 얼싸안으며 기뻐했다. 강아경은 마지못해 엄마를 따라 현관 안으로 들어섰다. 모든 가구는 정돈되어 있었고, 바닥에서는 윤이라도 나는 듯 고급스러워 보였다. 심아경의 집과 비교하면 서너 배는 넓었다. 강아경은 장승처럼 신발도 벗지 않고 선 채 마치 국어책을 외우듯 준비해온 말을 한 자 한 자 힘을 주어 뱉어냈다.

"엄마, 나 돌아온 게 아니고요. 사실은 돈이 필요해서요. 삼십만 원만 주세요."

엄마의 얼굴이 일그러졌다. 아들이 돌아온 걸 알고 방에서 달려 나오던 아빠의 얼굴도 금세 어두워졌다. 실망감이 서린 표정이었다. 엄마는 화를 내며 돈이 필요한 이유를 말하라고 했다.

"아경아. 이제야 집에 와서는 고작 한다는 소리가 돈 달라니? 무슨 일이라도 있는 거야? 아니면 용돈 떨어졌으니 가출 비용을 대 달라는 거니?"

강아경은 아무 말도 할 수 없었다. 아무것도 사실대로 말하고 싶지 않았다. 그저 삼십만 원이 필요하다고 말할 뿐이었다. 그저 급하다고만 했다. 사정이 있다고만 했다. 그러니 한 번만 믿어달라고 부탁했다. 그리고 약속했다.

"엄마. 나쁜 데 쓰려는 거는 절대 아니에요. 나 한 번만 믿고 도와주면 나도 맘 잡고 집으로 들어올게요."

엄마는 바로 그 대목에서 흔들렸다. 결국 엄마는 삼십만 원을 아경에게 건네주었고, 그는 돈을 받아들고 심아경의 옥탑으로 뛰었다. 마음이 급했다. 그런데 옥탑에 다시 가보니 심아경은 없었다.

— 아, 오늘따라 왜 이렇게 일찍 나간 거야!

그는 그녀가 다니는 Y중학교 앞으로 가 보았으나 길이 엇갈려 이미 들어갔는지 마주치지 못했다. 학교 수업이 끝날 때까지 하루 종일 기다렸다. 기다리는 동안 내내 불안했다. 혹시라도 학교에서 험한 일을 당하지 않을까 염려되었기 때문이다. 7교시가 끝나는 종이 울리자 학생들이 우르르 몰려 나왔다. 교문 앞에서 눈을 반짝이며 심아경을 찾았지만 역시 보이지 않았다. 지수가 친구들과 함께 나오는 것이 보였다. 지수 주변을 더 눈여겨 훑어보았지만 심아경은 보이지 않았다. 지수가 지나가고는 대세가 나왔다. 대세 역시 자기 패거리들과 어슬렁거리며 교문을 지나갔다. 이상할게 없는 하교 풍경이었다. 다만 그가 찾고 있는 한 사람만 보이지 않을 뿐. 그 한 사람이 없어도 하교 풍경은 아무 상관 없다는 듯이 평화로웠다. 세상은 그 한 사람을 잉여인간 취급을 하고 있는 듯했다. 그러나 강아경에게 그 한 사람은 세상 전체를 합한 것보다 소중하게 다가왔다.

학교 앞에서 그녀를 만나지 못한 그는 그녀의 옥탑 창고로 가보았지만 그곳에도 없었다. 다시 아파트 옥상들을 돌아다녀 보았지만 소용이 없었다.

— 어디로 갔니? 어디로 끌려간 거니. 아니면 정말 죽을 작정을 한 거니.

계속 그녀의 휴대폰으로 전화를 걸었지만 연결되지 않았다.

아경아, 연락해. 어디 있니? 연락해라.

그는 엄청난 속도로 계속해서 카톡을 보냈지만 답이 없었다. 곧 해가 질 무렵이었다. 붉은 해가 서쪽 하늘 멀리로 떨어지고 있었다. 하늘은 더 이상 파랗지 않았다. 강아경 역시 그녀처럼 어둠이 오는 게 두려웠다. 그녀에게 어떤 일이 벌어질지 알 수 없었기 때문이다. 한참 애를 태우는데 갑자기 카톡이 들어왔다. 그녀가 그를 부르고 있었다. 강아경은 급하게 액정을 터치했다. 그녀의 목소리가 들리는 것만 같았다.

강아경……!
이제 횡단보도 건넜어.
바로 앞에 해가 있는데 완전 크다.
오늘도 콘크리트 바닥이 무섭지만
네가 있어서 다행이야.

정말 내 시간 안에 네가 함께 해줄 수 있는 거니?

보고 싶어…….

뚝뚝 끊어지며 아경의 톡이 간간이 들어왔다. 강아경은 아무런 답변도 보내지 않고 끊어질 듯 이어지는 그녀의 톡을 유심히 들여다보았다. 마치 암호해석가라도 된 양 최대한 정신을 집중해서 한 글자 한 글자를 읽었다.

— 심아경……! 함께 해주겠다는 약속. 그거, 이번엔 반드시 지킬 거야. 두고 봐!

심아경이 보낸 단서는 몇 가지가 있었다.

횡단보도, 정면으로 보이는 해, 콘크리트 바닥…….

어쩌면 그녀가 그에게 신호를 보낸 건지도 모른다고 그는 단정지었다. 이번에는 절대로, 괜찮을 거라고 섣불리 안심하고 기다리고만 있지 않으리라 그는 마음먹었다. 두 번 다시 그녀를 혼자 두지 않으리라 주먹을 꽉 쥐었다. 가슴이 쿵쿵 뛰었다.

어른들에게 먼저 이야기를 해야 할지, 경찰에 신고를 해야 할지, 망설여지기도 했다. 하지만 어른 중 그 누구도 전화 한 통만을 받고 이리로 달려와 줄 사람은 없었다. 엄마도, 담임 선생님도, 경찰도 도움이 되지 않을 것 같았다. 그 누구라도 먼저 자세한 상황 설명을 요구할 테고 사실 여부를 한참 확인할 게 분명했다. 하지만 그렇게 모든 절차를 거치고 그들을 설득해서 도움을 받아낼 정도로 시간이 없었다. 왜냐하면 그렇게 시간이 흐르는 사이 그녀는 모든 일을 혼자서 다 당해야 할 테니까.

강아경의 뇌는 분주하게 움직였다. 서쪽 하늘의 해가 정면으로 보이는 횡단보도라면 이 동네에서 뻔했다. 남북으로 죽 이어지고 있는 외곽의 도로가 서쪽에 면해 있었기 때문이다. 길게 이어지는 그 도로에는 횡단보도가 서너 개 있었다. 분명 그중의 하나일 것이다. 그 도로를 사이에 두고 동쪽은 아파트단지와 주택단지 등 주거지역이 있고 건너편인 서쪽으로는 공터와 공사장, 야트막한 야산들이 이어졌다. 심아경을 처음 옥상에서 보던 날 저녁에도 근린공원에 앉아 있다가 몇몇 여자애들이 횡단보도를 건너가는 것을 본 것이 생각났다.

―아! 그때 그 여자애들!

어둠 속에서 보았던 여자애들의 모습이 불현듯 누군가와 겹쳐졌다. 어제 심아경의 학교 앞으로 그녀를 데리러 갔을 때 키득거리던 여자애들과 말이다. 공원에서 보았을 때는 비록 어두웠지만 키가 큰 여자애들이 왜소한 여자애 하나를 둘러싸고 가는 것을 보았다. 학교 앞에서 심아경을 괴롭히던 애들이 그녀를 둘러싸고 가던 것처럼.

강아경의 발걸음이 급해졌다. 근린공원 쪽으로, 서쪽 해가 정면으로 보이는 횡단보도 쪽으로!

그리고 발걸음만큼 생각의 속도도 빨라졌다. 횡단보도 건너편의 그 넓은 곳 가운데 어디로 갔을까? 그 넓은 곳에서 콘크리트 바닥이 있는 곳. 그렇다면 이미 짚이는 곳이 있었다. 그는 외곽도로를 따라 뛰듯이 걸었다. 동쪽으로는 그녀의 학교가 지나가고, 그녀가 사는 주택단지를 스쳤으며, 그녀가 지나가기를 기다렸던 근린공원까지 다다랐다. 그러는 사이 두 개의 횡단보도가 보였지만 건너지 않고 계속 도로를 따라 올라갔다. 이윽고 공사장으로 가는 가장 가까운 횡단보도 앞에 서서 서쪽하늘을 정면으로 바라보았다. 해가, 조금 전보다 더 낮아진 붉은 해가 보였다.

―드디어 해를 찾았어! 완전 크다. 그래, 심아경…… 네 말처럼 완전 크다.

그는 푸른 신호등을 기다리지 않고 긴 다리로 순식간에 길을 건넜다. 지나가는 차들이 급브레이크를 밟으며 경적을 울렸다. 하지만 그는 아랑곳하지 않고 뛰었다. 길을 건넌 다음에는 공터가 한참 이어졌다. 강아경은 숨을 죽였다. 먼발치로는 야산이 눈에 들어오고 야산 바로 앞에 공사장이 있을 터였다. 키가 큰 풀을 밟고, 흙길을 걸어가자 공사장이 서서히 시야에 들어왔다. 호텔을 짓는다고 공사를 시작했다가 주민들의 반대에 부딪쳐 몇 달째 공사가 잠정 중단된 곳이었다. 허름하게 반쯤 내려앉은 가림막 안으로 철골에 콘크리트로 윤곽만 잡힌 건물이 보였다.

강아경은 자기도 모르게 발소리를 더욱 죽이고 몸을 낮추며 살금살금 다가갔다. 사람들의 소리가 조금씩 들려오기 시작했다. 남자애들이 어슬렁거리고 있었다. 간간이 여자애들도 있었다. 강아경은 자기의 심장 뛰는 소리가 들리는 것만 같았다. 삼십만 원을 꼭 쥐었다.

— 이 돈만 건네면 되는 거야. 그러면 풀어줄 거야.

몇 발 더 다가갔다. 그들은 자신들의 장난에 집중하느라 강아경을 아직 발견하지 못했다. 다가갈수록 심아경의 모습이 더욱 선명하게 보였다. 남자애들이 어슬렁거리는 사이에서 무릎을 꿇고 앉아 있었다. 강아경은 더 다가가려다가 갑자기 멈춰 섰다. 녀석들의 말소리가 또렷하게 들렸기 때문이다.

"이 시계 좀 봐. 이거 존나 비싼 거 아니냐?"

"어디 봐봐."

아이들은 심아경의 시계에 흥미를 보이며 달려들었다. 심아경은 몸을 움츠리며 저항했다.

"안 돼. 이건!"

"내놔!"

내놓으라는 지수의 까랑까랑한 목소리가 귓가에 울렸다. 심아경이 팔뚝을 감싸며 온몸을 움츠리는 게 보였다. 그러나 남자애들

몇몇이 달려들어 순식간에 시계를 빼앗아버렸다.

"돌려줘! 그건 안 돼!"

남자애들이 킥킥거리며 시계를 돌려보았다.

"개 좋은데. 캠코더도 있어."

"함 찍어볼까?"

"뭘 찍어?"

"뭐긴 뭐야! 저 찐따 찍어야지."

"쟤 옷 좀 벗겨봐! 이걸로 동영상 좀 찍어주자! 크크크."

몇몇 충성스러운 하인 역할을 자처하는 사내애들이 앞으로 나섰다. 심아경이 남자 애들 앞에서 눈만 동그랗게 뜬 채 아무 말도 못하고 두 손으로 가슴팍의 옷깃을 꽉 부여잡는 게 보였다.

"이…… 이러지 마. 싫어!"

하지만 금세 남자애들의 거친 손이 심아경의 손을 떼어내었다.

"싫긴 뭐가 싫어?"

옆에서는 마치 축구경기 응원이라도 하듯이 누가 먼저랄 것도 없이 아이들이 둥그렇게 죽 둘러서며 원을 만들더니 점점 더 원을 좁혀왔다. 벗겨, 벗겨서 사직 찍어. 사진 찍어두면 더 꼼짝 못해. 그거 인터넷에 올릴까? 그래 그러자. 돈벌이 되겠는데? 벗겨라 벗겨라 벗겨라! 응원가를 부르듯 장난질을 치는 남자애들의 틈 사이로 그녀의 교복 셔츠 단추가 뜯겨나가는 모습이 보였다. 작고, 그래서 더 약해 보이기만 하는 그녀는 남자애들의 손아귀 속에서 허둥대고 있었다. 찍어라 찍어라 찍어라! 누군가는 시계에 달린 캠코더로 영상을 찍고 누군가는 심아경에게 달려들어 옷을 찢었다. 세상이 미쳐 돌아가고 있는 게 분명했다.

— 뭐야. 이건!

강아경은 바로 눈앞에서 이런 일이 벌어지고 있다는 것이 사실로 믿어지지 않았다. 뒷목을 타고 머리끝까지 전기가 통하듯 찌리릿, 하며 분노가 번개처럼 지나쳤다. 목에 무언가 걸린 것처럼 숨쉬기가 힘들었다.

— 이런 개 같은!

강아경은 부르르 떨면서 아랫입술을 깨물었다. 손이 떨렸지만 그럴수록 더욱 침착하자고 스스로에게 타일렀다. 일단 들고 있던 돈 뭉치를 바지 뒷주머니에 깊숙이 꽂아 넣었다.

다음으로 정면을 응시하면서 사람 수를 세어보았다. 일배, 대세, 성민, 그리고 처음 보는 애들이 하나, 둘, 셋…… 넷. 생각보다 많았다. 강아경의 목구멍으로 침이 꼴깍 넘어갔다. 등과 겨드랑이에 땀이 번졌다. 여자애들은 지수, 그리고 지수를 따라온 애들이 두 명 더 있었다. 여자 애들은 크게 문제되지 않았다. 그런데 남자애들이 너무 많았다. 7대 1! 수적으로 너무 열세였다. 승산이 없는 일이었다. 그때였다.

"아악!"

그녀의 찢어지는 듯한 비명 소리가 그의 귀에 와 꽂혔다. 그녀의 교복 셔츠가 벗겨지고 그녀의 몸이 드러나고 있었다. 강아경은 피가 거꾸로 솟는 것 같았다. 그리고 윗옷이 거의 벗겨진 그녀와 그녀의 옷을 강제로 벗겨버린 대세만 보였다. 옷을 들고 서서 히죽거리는, 그놈의 눈빛이 멀리서도 느껴졌다.

— 씨! 발! 너 처음부터 눈빛이 마음에 들지 않았어!

강아경은 자기도 모르게 앞으로 달려 나가며 소리 질렀다.

"그만해!"

강아경은 자기도 자기 목소리에 깜짝 놀랐다. 자기 안에서 그렇게 큰 소리가 나왔다는 게 믿어지지 않았다. 뜻밖의 초대받지 않은 불청객을 발견하고는 일곱 명의 남자애들과 세 명의 여자애들의 눈초리가 일제히 강아경을 향했다. 하지만 강아경은 딱 한 명, 대세만을 노려보며 돌진해 들어갔다.

승산이 전혀 없어도 달려들어야 할 때가 있는 법이었다. 이기기 위해서가 아니라 지키기 위해서, 소중한 것을 지키기 위해서 무모한 일이라도 해야 할 때가 있는 법이라고, 그때가 바로 지금이라고 강아경은 생각하며 이를 악물었다.

— 다 죽여버리겠어!

아무 소리도 들리지 않았다. 모든 사물이 정지된 듯 얼어붙어

버렸다. 시간조차 얼어붙었는지도 모른다. 두 발이 땅을 한 번씩 디디고 앞으로 나갈 때마다 분노가 가슴에서 끓어올랐다. 대세를 향해. 그들 패거리 모두를 향해. 그리고 열다섯 살짜리에게는 인생이 없는 줄 아는, 기계처럼 공부만 해야 한다고 그래야 성공할 수 있다고 아우성치는 이 엿 같은 세상을 향해.

휘이이익!

큰 바람이 그의 귓가를 스쳐 지나가는 듯하더니 강아경의 주먹이 허공을 가르고 대세의 얼굴에 떨어졌다.

퍼억!

정적을 깨뜨리며 묵직한 소리가 터져 나왔다.

"허억!"

대세가 강아경의 주먹을 맞고는 신음을 터뜨렸다.

강아경의 주먹을 맞은 대세는 저 멀리 나동그라졌다. 일배와 성민, 그리고 패거리들이 깜짝 놀라며 움찔했다.

강아경은 심장이 벌렁거려 터질 것만 같았다. 어쩌면 다리가 후들거리고 있는지도 몰랐다. 대세를 친 손에서 손목으로 통증이 번져갔다. 강아경은 슬그머니 왼손으로 오른손 주먹을 만져보았다. 대세를 칠 때 찢어졌는지 피가 묻어나오는 듯했다.

—아 씨……. 주먹 좆나 아프네…….

하지만 고개를 숙여 주먹을 쳐다보지는 않았다. 약한 모습을 보일 수는 없었다. 찢어진 손등 따위는 중요하지 않았다. 중요한 것은 얼마나 주먹이 셌는가 하는 것이었다.

— 제대로 때린 거지. 그런 거겠지…….

강아경은 나동그라진 대세를 노려보았다. 꼼짝도 못하던 대세가 조금씩 움찔거리더니 두 팔꿈치로 중심을 잡으며 몸을 일으켰다. 얼떨떨한 표정으로 천천히 강아경에게 맞은 왼쪽 볼을 만져보는 듯했다. 대세의 손가락 끝에 붉은 피가 묻어나왔다. 입술이 찢어져 있었다. 자기 피를 보자 대세는 더욱 분통을 터뜨렸다.

"아 좆같은 새끼가 감히 나를!"

대세는 당장이라도 강아경을 두들겨 패줄 듯한 기세로 일어났지만 도중에 휘청거리며 다시 넘어졌다. 그러고는 선뜻 일어서지 못한 채 주저앉아 버렸다. 그 모습을 어안이 벙벙한 채로 쳐다만 보고 있던 일배가 드디어 입을 열었다.

"이 새끼 장난 아니네. 야 손 좀 봐줘라."

"저거 내가 말했잖아. 레전드라고!"

성민이가 곁에서 거들었다.

"지가 레전드면 레전드지. 혼자서 뭘 어떻게 하겠어? 다 덤벼!"

일배가 마치 작전 명령이라도 내리듯 외쳤다. 그러자 일배를 따라다니는 그 패거리들이 일제히 움직였다. 저마다 욕지거리를 해댔다. 땅바닥에 침을 뱉는 애도 있었다. 그리고 그들은 서서히 강아경을 향해 걸어왔다. 일배가 폼을 잡으며 한마디 했다.

"야 이 개새끼야 너 여기가 어딘지 알고 기어들어왔냐?"

강아경은 그 패거리들을 노려보다가 심아경을 힐끔 쳐다보았다. 그녀는 엉금엉금 기어가 자신의 교복 상의를 집어 들고 있었다. 알몸으로 드러난 가녀린 팔과 목과 허리가 안타까웠다. 그런데 지수가 옷을 집어 드는 심아경에게 다가가는 게 보였다. 그러고는 삼선슬리퍼를 신은 발로 심아경의 옷을 밟아버리는 것이었다. 심아경은 필사적으로 자신의 옷을 잡아당겨 빼내려 했지만 지수는 신경질을 내며 심아경을 발로 걷어차고 욕을 해댔다.

"심아경, 이 재수 없는 년!"

강아경이 심아경을 향해 소리쳤다.

"이 바보야 빨리 가! 도망가라고!"

그러나 지수가 심아경의 팔을 잡으며 말했다.

"도망가긴, 어딜……!"

강아경은 일배 패거리들보다 먼저 지수에게 달려갔다. 그리고 심아경에 들러붙어 있는 지수의 팔을 잡아채어 밀어버렸다. 지수가 강아경 손에 밀려 뒤로 넘어졌다. 그러자 일배 패거리들은 더 흥분해서 "씨발, 씨발"거리며 누가 먼저랄 것도 없이 강아경에게 달려들었다. 강아경은 닥치는 대로 주먹을 휘두르며 소리를 질렀다.

"심아경! 빨리 도망가라고!"

심아경은 자기 옷을 꼭 끌어안은 채 우물쭈물거리다가 이윽고 뒤도 보지 않고 달리기 시작했다. 지수와 그 패거리들이 도망가는 심아경을 뒤쫓으려 했지만 강아경이 안간힘을 쓰며 그들을 가로막았다.

　저 계집애 도망 못 가게 잡아. 아 씨, 이 새끼가 잡고 늘어지잖아. 팔을 잡아 못 움직이게 해. 양쪽에서 팔을 잡으라고. 장난 아니네. 저 계집애 놓쳤잖아. 신고하면 어떻게 해. 멀대 새끼 팔을 잡아, 못 움직이게 하라고!

　패거리들이 저마다 질러대는 소리와 주먹질에 공사장은 아수라장이 되었다. 잠시 뒤엉켜 싸움박질이 이어졌지만 강아경은 결국 오래 버티지 못하고 두 팔을 잡혀버렸다. 혼자서 여러 명을 당할 수는 없는 노릇이었다. 먼저 왼쪽 팔을 잡은 건 성민이었다. 그리고 오른쪽 팔을 잡은 건 이름을 알 수 없는 다른 놈이었다.

　"놔!"

　"너 같으면 놔 주겠냐? 미친놈!"

　양쪽에서 두 팔을 잡은 놈들은 가쁜 숨을 몰아쉬며 강아경에게 말했다. 강아경은 버둥거렸지만 양팔을 잡힌 상황에서 빠져나갈 수는 없었다. 아무리 발버둥을 쳐도 팔을 쓰지 못한 채 잡혀 있으니 아무 소용이 없었다. 그제야 일배가 회심의 미소를 지으며 다가왔다.

"어디 한 번 더 잘난 체해 보시지!"

일배 역시 숨이 찬지 말이 뚝뚝 끊어졌다. 그러나 얼굴에는 승리감이 가득 차 있었다. 강아경에게 맞고 쓰러졌다가 일어서지 못하고 땅바닥에 앉아서 돌아가는 광경을 멍하니 보고 있던 대세도 어느새 정신을 차리고 일배 곁으로 성큼성큼 다가왔다. 대세의 찢어진 눈은 복수심에 이글이글 불타고 있었다.

"일배야! 이 개자식 나한테 맡겨!"

강아경은 대세의 눈을 똑바로 쳐다보았다. 지기 싫었다. 어차피 싸움은 벌어졌고, 비굴하게 허리를 굽혀보았자 봐줄 녀석들이 아니었다. 끝까지 버티고 살아남는 수밖에는 없었다. 하지만 다리가 후들거렸다. 적이 너무 많았다. 일배가 킥킥거렸다.

"이 새끼 오줌 지리겠다…… 킥킥. 대세야, 손 좀 봐줘라."

대세는 한참을 뒷걸음질 쳐서 멀리 떨어지더니 강아경을 향해 달려왔다. 강아경은 어금니를 꾹 깨물었다.

─그래, 맘껏 쳐봐라. 나는 지지 않아.

강아경은 각오를 단단히 하면서 대세의 주먹을 기다렸다. 그리고 바로 다음 순간 대세의 차돌멩이처럼 딱딱한 주먹이 아경의 왼쪽 볼을 부셔버릴 듯이 돌진해 들어왔다.

─윽!

이가 부러질 것 같았다. 그럴수록 더 이를 꽉 물었다. 지기 싫었다. 절대로 질 수 없었다.

— 나쁜 새끼들! 혼나야 하는 건 너희들이야. 죽어야 하는 건 너희들이야.

그의 마음이 외쳤다. 강아경의 얼굴이 획 돌아가며 입술이 찢어져 나가자 만면에 미소를 지으며 대세가 이번에는 강아경의 얼굴 정면을 주먹으로 박았다.

퍽!

코를 정면으로 맞았다. 순간, 앞이 보이지 않다가 다시 보였다. 정신을 차려야 한다고 생각했다. 어떻게 해서든지 양팔을 붙들고 있는 놈들의 손아귀로부터 벗어나야 한다고 버둥거렸지만 역부족이었다.

퍽!

퍽!

퍽!

강아경은 샌드백처럼 그렇게 놈들의 손아귀에 달려 있었다. 신이 난 대세가 이번에는 멀찍이 걸어가 서더니 외쳤다.

"강아경, 각오해!"

대세는 그렇게 소리를 지르면서 강아경을 향해 달려왔다. 강아경은 희미해지는 눈으로 대세를 보았다. 바로 다음 순간 대세의 운동화 신은 발이 강아경의 가슴팍에 바위처럼 무겁게 떨어졌다.

"허어억!"

명치를 맞은 강아경은 다리가 휘청거리며 눈에 스르르 힘이 풀렸다. 이 새끼 아직 멀었어! 라고 소리치는 대세의 목소리가 윙윙거렸다. 맞고 있는 게 자신의 몸인지 다른 누군가의 몸인지조차 혼미해졌다. 녀석들의 소리가 윙윙거리며 멀어졌다가 가까워지곤 했다. 녀석들의 모습이 흐려졌다. 자기가 눈을 감고 있는 건지 뜨고 있는 건지 분간이 안 되었다. 그나마 윙윙거리던 소리조차 조금씩 잦아들었다.

대세의 주먹이 또 날아왔다.

퍽!

강아경은 마치 혼이 빠져 나가는 듯 모든 게 아득해졌다.

다음엔 발이었다.

퍽!

숨을 쉴 수가 없었다. 마치 꿈을 꾸고 있는 것 같았다. 눈꺼풀이 자꾸 내려가더니 더 이상 떠지지 않았다. 아무리 애를 써도 눈이 떠지지 않았다. 암흑뿐이었다. 보이지도 들리지도 않았고 고통조차도 이젠 느껴지지 않았다.

— 이렇게 죽는 것일까……. 나 다시는 못 깨어날 것 같아…….

엄마!

눈을 감은 그의 얼굴에 희미하게 피식 하는 미소가 스쳤다.

—후후. 이럴 때 엄마가 생각나다니. 다시 못 보는 것일까? 엄마…… 내가…… 미안해…….

강아경은 희미해지는 의식 속에서 엄마를 생각했다. 더 이상 눈을 뜨려고 애쓰지도 않았다. 잠시 후면 모든 고통이 사라질 것 같았다. 차라리 모든 게 빨리 끝나버렸으면 좋을 것도 같았다. 그리고 다음 순간에는 생각조차 끊어져버렸다. 모든 게 멈추었다. 고통도, 시간도, 생각도. 아무것도 보이지도 들리지도 느껴지지도 않았다. 모든 것이 커다란 블랙홀에 빠진 듯 흐물거릴 뿐이었다.

그때였다. 다시 대세의 주먹이 강아경의 얼굴을 쳤다.

퍽!

그 순간 강아경의 코에서 코피가 폭포수처럼 콱, 터져 나왔다.

"윽!"

피를 쏟음과 동시에 강아경은 갑자기 멎었던 숨이 터져 나오며 서서히 눈이 떠졌다. 소리가 들리고 다시 앞이 보이기 시작했다. 코에서 터져 나온 피가 입 안으로 밀려들어오고 목을 타고 흘러내렸다.

—아…… ㅇㅇㅇ…….

녀석들은 더 이상 잡고 있을 필요조차 못 느끼는지 강아경을 붙잡고 있던 손에 힘을 풀었다. 놈들이 손에 힘을 풀자마자 아경은 서 있지도 못하고 앞으로 고꾸라졌다. 차가운 콘크리트 바닥에 얼굴이 탁, 하고 부딪쳤다. 콘크리트 바닥이 금세 피로 얼룩졌다. 일배가 엎어져 있는 아경에게 다가왔다.

"이제 알았냐? 넌 우리 상대가 안 돼. 꼴에 여친이라고 구해주러 왔냐? 쪼다 같은 새끼. 그 병신 같은 계집애 데리고 우리가 장난 좀 치겠다는데 네가 꼴린다고 덤비냐? 앞으로도 그 계집애는 우리가 접수하겠다. 그년이 운이 없는 것뿐이야. 알았냐?"

― 이제 어떻게 하지? 오늘은 이렇게 넘겼지만 내일은 어떻게 버티지? 어떻게 이 녀석들 손아귀에서 살아남을 수 있는 거지?

강아경은 정신을 차리고 생각을 해보려고 애를 썼다. 온몸이 떨렸다. 일배 목소리가 들렸다.

"야, 저 녀석 주머니 좀 뒤져봐. 돈 들었나…….."

성민이 다가와 강아경의 몸을 뒤졌다. 그의 주머니에서 휴대폰이 떨어졌다. 대세가 발로 콱콱 밟아대자 휴대폰은 이내 박살이 나버렸다. 그러는 사이 성민은 강아경이 뒷주머니에 꼭꼭 넣어둔 돈을 발견해냈다.

"야 이거 봐. 굉장히 많이 들었는데."

"한번 세어봐."

"와우~ 삼십만 원이야."

일배는 웃으면서 발길질로 엎어져 있는 강아경의 배를 툭툭 쳤다.

"병신~ 돈 가지고 왔으면 돈부터 내밀지…….. 왜 덤볐냐? 돈 내밀었으면 또 아냐? 곱게 보내줬을지. 하하하. 가자. 얘들아. 이 돈 좀 써야지."

강아경은 초점을 잃은 눈을 하고 엎어져 있었다. 녀석들의 신발이 보였다. 한 걸음, 두 걸음, 세 걸음. 그들이 조금씩 멀어지고 있었다.

— 이렇게 끝나는 것일까. 아니야. 그럴 순 없어. 이렇게 찌그러지면 이 자식들은 내일도 그다음 날도 심아경을 가만히 놔두지 않을 거야. 심아경은 영원히 이 자식들 장난감이 되어 살아가야 할지도 몰라. 이렇게 물러설 수는 없잖아. 아직 끝이 아니야.

강아경은 손가락 끝을 움직여 보았다. 그러다가 손가락 끝에 뭔가 딱딱한 게 닿았다.

— 뭐지?

갑자기 정신이 또렷해졌다. 팔을 뻗쳐 그것을 더듬어보았다. 각목이었다. 갑자기 손끝에 힘이 들어갔다. 손가락을 움찔거려 겨우 그 각목을 잡을 수 있었다. 점차 힘을 주어 각목을 잡고는 이를 악물어보았다. 그러나 마음처럼 몸이 잘 움직이지 않았다. 코에서는 피가 계속 흘러 엎드린 얼굴은 온통 피범벅이 되었다. 그때 멀어지는 녀석들의 말소리가 들렸다.

"내일도 학교 끝나고 그 계집애 이리로 데려와 놀자!"

"그래. 내일은 사진 제대로 찍어보자고!"

"사진 찍어서 인터넷에 올려서 우리 장사 좀 해볼까? 크크."

그 소리를 들으며 강아경은 더욱 눈을 부릅뜨고는, 남아 있는 힘을 모두 끌어내어 각목을 꽉 쥐고는 온몸에 힘을 주었다. 으으으…… 조금씩 소리가 나오기 시작했다.

"으아아아!"

마침내 강아경은 괴성을 지르며 각목을 잡고 일어나 있는 힘을 다해 일배를 향해 달려갔다. 일배가 뒤의 인기척을 느끼고 서서히 돌아보았다. 경계심이 완전히 풀린 편안한 얼굴이었다. 하지만 바로 다음 순간 피범벅이 되어 미친 사람처럼 달려오는 강아경을 발견하고는 뒷걸음질 쳤다. 하지만 이미 때는 늦었다. 이미 강아경의 각목이 일배의 정수리를 정면으로 내리친 다음이었다. 180센티미터의 장신인 아경이 들고 있는 각목이 일배의 머리를 향해 정확하게 내리꽂힌 것이다.

"허……!"

일배는 소리도 다 지르지 못하고 그 자리에 푹 쓰러졌고 바로 의식을 잃어버렸다. 갑작스럽게 벌어진 일이라 모두 깜짝 놀라 아무 말도 하지 못하고 서 있었다. 마지막 힘을 끌어내어 써버린 강아경도 다시 땅바닥에 풀썩 엎어져버렸다.

대세와 성민 등이 일배 곁으로 다가가 이름을 불러대며 일배 몸을 흔들어 깨웠다. 하지만 일배는 눈을 뜨지 못했다.

일배 형! 일배야! 정신 차려봐! 꼼짝도 안 해. 눈도 안 뜨고. 숨은 쉬냐? 코에다 귀를 대봐.

남자애들의 웅성거리는 소리 속에 째지는 듯한 여자애들의 호들갑 떠는 소리가 섞여 들었다.

꺄아악! 어떻게 해? 죽은 거 같아. 우리 어떡하지?

남자애들은 더 허둥대기 시작했다. 녀석들은 서로 얼굴만 보고 우왕좌왕하다가 누가 먼저랄 것도 없이 모두 달아나버렸다.

어둠이 깔린 사방이 고요 속에 묻혀버렸다. 어둠 속에서 강아경과 일배, 두 사람만 누워 있었다. 강아경은 엎드린 채로 일배를 쳐다보았다. 큰 대자로 뻗어 꼼짝도 하지 않은 일배를 보자 두려움이 엄습했다.

— 무슨 일이 벌어진 것일까. 내가 무슨 일을 저지른 것일까.

미래는 언제나 예측 불허였다. 코에서 흐르는 피는 목을 타고 계속 흘러내렸다. 피비린내가 진동했다.

지못미, 그 말밖에는

1

아무 일도 없었다는 듯이 다음 날 아침이 천연덕스럽게 밝았다. 어떻게 잠이 들었는지 마치 오래전의 일인 양 심아경은 기억조차 가물가물했다. 밤새 옥탑 창고에서 강아경을 기다리다 새벽녘에야 집으로 내려와 방구석에 쪼그리고 앉아 있다가 선잠이 들었더랬다. 그런데 아침에 여느 때와 달리 다정하게 딸을 부르는 아빠의 목소리를 듣고 잠에서 깼다. 눈을 떠보니 어느새 창밖이 훤하게 밝아 있었다. 심아경은 어젯밤에 생긴 팔의 상처를 가리기 위해 7부 소매 옷을 입고 마루로 나왔다. 아빠는 기분이 좋아 보였다. 돈을 훔친 딸의 행동도 벌써 다 잊어버린 듯했다. 나비 잠옷을 입은 아줌마도 기분이 좋은지 콧노래를 불렀다.

심아경은 안절부절못하며 아빠의 눈치를 살펴보았다. 아빠가 기분이 좋아 보이는 게 어쩌면 기회일지도 모른다는 생각이 들었다. 왠지 오늘처럼 기분이 좋아 보이는 아빠라면 무언가 털어놓을 수 있을 것만 같아서였다. 어젯밤 일을, 아니 그동안의 일을 모두 털어놓겠다는 생각만으로도 심아경은 심장이 벌렁거리기 시작했다.

"아…… 아빠. 나……."

"그래 아경아. 마침 일찍 잘 일어났다."

"네. 사실은……."

"실은 아빠가 할 말이 있어서 좀 일찍 깨웠어."

"네. 저도…… 할 말이 있어요."

그런데 아빠는 할 말이 뭐냐고 딸에게 묻지 않았다. '저도요'라고 하는 아경의 목소리를 듣기는커녕 자기 할 말을 딸에게 전하는 데 급급해 보였다.

"아경아. 아빠가 오랫동안 생각해보았는데 말이야. 이런 식으로 너를 혼자 두는 것은 좋지 않은 것 같아. 아빠는 늘 늦게 오고 지방에 내려갈 일도 많잖아. 오늘도 갈아입을 옷을 위해 잠깐 들른 거란다."

"네. 그래서요?"

"또 아빠도 언제까지나 혼자 이렇게 지낼 수 없고. 아줌마를 언제까지나 불안정하게 잡아둘 수도 없고."

"⋯⋯?"

심아경은 문득 아빠의 표정을 살폈다. 거기서는 딸에 대한 아주 작은 관심의 흔적도 찾을 수가 없었다. 아빠는 딸보다 자기 자신의 인생에 대해 달콤한 꿈에 빠져 있는 게 분명했다.

"너는 아직 어려서 모르겠지만 어른이 되면 혼자서 오랫동안 지낸다는 게 상당히 힘든 거란다."

심아경은 아빠의 말을 제대로 이해할 수가 없었다. 심아경은 아빠가 오랫동안 혼자 지내왔다는 사실을 납득할 수 없었다. 아빠는 딸과 함께 살았는데 왜 혼자 지내왔다고 이야기하는지 이상스러웠다.

"그래서⋯⋯ 이제 아줌마와 재혼을 하기로 했다."

"네?"

"그렇게 하기로 했단다."

"아⋯⋯ 네⋯⋯. 추⋯⋯ 축하드려요."

"그래 고맙다."

"⋯⋯."

아경은 이틀 전 집을 보러 온 부동산 아줌마가 생각났다. 다른 신도시 어딘가에 새집을 얻으려 한다는 아빠의 계획도 어렴풋이 알 것 같았다. 아빠와 아줌마가 함께 살게 되면 나는 어디에서 살아요? 문득 심아경은 아빠에게 묻고 싶었다. 그런데 아빠가 먼저 말을 해주었다.

"너는 할머니 집에서 살아야 한단다."

"하지만 할아버지가 아프시잖아요?"

"그래. 할아버지가 누워 계시니까. 할머니가 너를 돌봐주실 수는 없을 거야. 하지만 혼자 집에 있는 것보다는 낫잖니. 네가 할머니를 도와드리면 할머니, 할아버지에게도 도움이 될 거고, 또 할머니가 네 밥 정도는 챙겨주실 수 있을 거야."

"하, 학교는요?"

"그야 전학하면 되지."

그렇게 간단한 거였다. 아주 멀리 전학을 가버리면 되는 거였다. 할머니가 있는 시골 학교로 진즉에 전학해버렸으면 왕따를 당할 일도, 상습적으로 폭행을 당할 일도, 어젯밤 강아경이 그렇게 그놈들에게 맞을 일도 없었을 텐데. 그렇게 간단한 일이었는데, 그렇게 간단한 방법을 그동안 생각해내지 못하다니. 심아경은 자신이 너무나 바보스러웠다. 언제까지나 아빠와 함께 이 동네 이 집에서 살면서 이 학교를 다녀야 하는 줄 알았다니. 어차피 이렇게 쉽게 떠날 수 있는 거였다면 무엇 때문에 고민을 해왔던 것인지, 심아경은 허탈해졌다.

"어때, 괜찮겠지?"

아빠는 애써 긍정적인 답을 받아내고 싶은 건지 재차 딸에게 물었다.

"그렇겠······네요. 그······게 좋겠네요······."

어차피 딸의 의견 따위 아빠에게 중요하지 않을 거라고 심아경은 생각했다. 아빠는 새로운 삶을 계획하고 있었고, 그 삶의 계획 가운데 심아경은 없었으니까.

심아경은 고개를 푹 숙였다. 아빠의 곁에서는 아줌마가 미소를 띠고 심아경을 보고 있었다. 아줌마가 심아경을 보고 웃어준 것은 처음인 것 같았다.

2

그날 아침 심아경은 학교로 바로 가지 않고 공사장에 가보기로 했다. 강아경이 지금까지 돌아오지도 않고 휴대폰도 꺼져 있기 때문이었다. 심아경은 어제 저녁 지수 패거리들을 따라 걸었던 그 길을 혼자 걸었다. 주택단지를 벗어나 근린공원을 지났다. 그리고 곧 횡단보도 앞에 섰다. 아침이라 붉게 물든 서쪽 하늘은 보이지 않았다. 어제 저녁 그 횡단보도 앞에서 지는 해를 정면으로 바라보던 일이 생각났다. 그리고 강아경에게 카톡을 보냈던 일도.

왜 모든 일이 이렇게 안 좋게만 흘러가는지 알 수 없었다. 불행은 바닥이 없는 듯했다. 밑바닥을 알 수 없는 늪과 같았다. 어떻게 해서든지 발을 디디고 서 보려 해도 결국은 허우적대며 빠져들고 있는 그녀 자신을 발견할 뿐이었다.

심아경은 푸른 신호등이 켜지기를 기다려 길을 건넜다. 먼발치로는 야산이 눈에 들어오더니 키가 큰 풀을 밟고 흙길을 걸어가자 공사장이 서서히 시야에 들어왔다. 허름하게 반쯤 내려앉은 가림막 안으로 철골에 콘크리트로 윤곽만 잡힌 건물이 보였다. 심아경은 숨을 죽이며 다가가 조심스럽게 살펴보았다. 어젯밤의 일이 마치 거짓말처럼 사라지고 없었다. 강아경도 없고 강아경의 시계도 보이지 않았다. 그들이 시계를 가져갔을 테니 이곳에 남아 있을 리가 없다고 다독였지만 혹시나 해서 자꾸 구석구석을 살피게 되었다.

공사장의 콘크리트도 바람도 하늘도 공기도 풀도 너무 능청스러웠다. 모두 보았으면서 아무것도 보지 못한 척하고 있었다. 그들에겐 아무것도 기대할 수 없었다. 강아경은 어떻게 되었는지, 그리고 시계는 어떻게 되었는지 묻고 싶었지만 알고 있다고 해도 아무런 말도 해주지 않을 것 같았다. 세상에는 내 편이 하나도 없는 게 분명했다.

주변을 두리번거리는데 공사장 콘크리트 바닥의 맨 가장자리

즈음에 뭔가 반짝거리는 게 보였다.

— 아!

가만가만 다가갔다. 콘크리트 바닥의 맨 끄트머리에 은빛으로
반짝이는 그것은 강아경이 선물한 시계였다. 그녀는 와락 달려들
어 시계를 집어 들었다. 깨지지는 않았는지, 금이라도 간 부분이
있는지, 그리고 시간이 계속 흐르고 있는지를 보았다. 다행히 시계
속의 초침과 분침과 시침은 모두 살아 있었다. 시곗바늘은 정확히
8시 20분을 가리키고 있었다. 시간은 멈추지 않았던 것이다. 옥탑
에서 하룻밤을 함께 지낸 후 강아경이 시계를 처음 채워줄 때가
떠올랐다.

"이젠 나의 시간은 너의 시간이기도 한 거야."

"그게 무슨 소리야?"

"어…… 그러니까…… 말이야. 소중한 사람하고는 시간을 함께
나누는 거래……. 넌 혼자가 아니라는 뭐 그런 뜻이야."

심아경은 시계를 꼭 쥐고 눈을 감았다. 어쩌면…… 시간이 계속
되듯이 삶도 계속되어야 하는 건지도 모른다. 거친 아이들의 난폭
한 행동에도, 폭풍우가 몰아치는 것처럼 폭력과 혼돈과 불안이 난
무한 밤을 지나는 동안에도, 세 개의 시곗바늘이 꿋꿋하게 자기 길
을 걸어가 초마다 분마다 시마다 시간을 밝히고 있는 것처럼. 세상
은 얄밉게도 누군가가 왕따를 당하든 폭력을 당하든 어쩌면 누군

가가 자살을 해버리든 아무 상관이 없다는 얼굴로 능청을 떨지만 그럼에도 불구하고 삶도 계속 흘러가야 하는 것인지도 모른다.

시계를 한 손으로 꼭 쥐고 돌아서는데 콘크리트 바닥에 붉은 얼룩이 보였다. 그녀는 뭔가 불길한 예감이라도 느끼는 사람처럼 두어 발짝 다가가 보았다. 잿빛 콘크리트에 붉은 얼룩이 말라붙어 있는 것이 보였다. 좀 더 가까이 다가가 두 눈으로 보는 순간 온몸에 전율이 흘렀다.

— 피?

그녀는 쭈그리고 앉아 손가락을 갖다 대보았다. 강아경의 피일지도 모른다고 생각하니 온몸에 전율이 일었다. 어쩌면 모든 일이 자기가 생각한 것보다 더 크게 번졌는지도 모른다는 불안감이 엄습했다.

— 강아경은 어떻게 된 것일까? 많이 다쳤으면 어떻게 하지? 혹시 무슨 일이라도 있는 게 아닐까? 애들이 강아경을 끌고 간 것일까? 지금이라도 신고를 해야 해.

두서없는 생각들이 꼬리를 무는 가운데 심아경은 아무도 없는 공사장에서 허둥대다가 마치 누구에게 들키기를 두려워하는 사람처럼 그곳에서 도망쳤다.

뒤늦게 학교로 갔다. 물론 지각이었다. 1교시가 시작된 지 한참이 지나 있었다. 평소 같으면 숨을 죽이며 복도에서 서성거렸을 텐데 심아경은 자신도 모르게 드르륵, 교실 문을 열고 들어갔다. 마침 1교시는 담임 선생님의 시간이었다. 담임 선생님은 심아경에게 인상을 찌푸리며 수업이 끝난 후 상담실로 내려오라는 지시를 내렸다. 심아경은 묵묵히 고개를 끄덕였다. 자리에 앉자 얼마 지나지도 않아 1교시가 끝나는 종이 울렸다. 담임 선생님이 나가면서 따라오라는 눈짓을 했지만 심아경은 그대로 책상 위에 엎드려버렸다. 녹음기처럼 똑같은 말만 되풀이하는 선생님의 이야기 따위는 듣고 싶지 않았다. 피곤해서가 아니었다. 평화롭게 흘러가는 다른 사람들의 일상을 견딜 수가 없었다. 누군가에게는 일상이 평화로운 강물 같은데 누군가에게는 일상이 전쟁과 같이 두려운 것이라는 것이 이상스러웠다. 강아경이 사라졌는데 세상은 아무 일도 없다는 듯이 웃는 얼굴을 하고 있는 것이 믿어지지 않았다. 책상에 엎드려 눈을 감고 있는데 아이들의 소리가 들렸다.

"얘들아. 들었어? H중 3학년 일진 하일배라는 애가 2학년 하급생한테 당했대."

"그게 무슨 소리야? 하일배가 누군데?"

"국회의원 아들인데 주먹질하고 다닌다는 일진 있잖아."

"정말?"

"그래. 걔가 중2짜리 애한테 맞아서 병원에 실려 갔대."

진짜? 그래서? 하고 여기저기서 아이들이 궁금증을 토해냈다.

소식을 알아온 아이는 자랑스러운 듯 좀 더 자세한 상황 설명을 이어갔다.

"대학병원에 옮겼는데 의식불명이래. 각목으로 머리를 맞고 쓰러진 데다 콘크리트 바닥에다 머리까지 부딪쳐서 뇌진탕이래."

또다시 진짜? 그래서? 헐! 대박이다, 하는 감탄사와 질문들이 쏟아졌다. 존재감도 없이 책상 위에 엎어져 있던 심아경은 아이들의 이야기에 귀를 기울이며 눈을 감고 있다가 서서히 몸을 일으켜 아이들을 쳐다보았다. 아이들은 심아경이 일어난 것도 모르고, 아니 심아경에게는 관심도 없이 하던 얘기를 계속할 뿐이었다. 그러나 심아경의 눈과 귀와 마음은 온통 아이들에게 쏠려 있었다. 어제 그곳에는 일배와 그 패거리들이 무려 일곱 명이나 있었는데 혼자 덤빈 강아경이 아니라 떼로 덤빈 일배가 다쳤다는 게 선뜻 납득이 되지 않았다. 일배가 그 정도로 다쳤으니 혹시 강아경이 훨씬 많이 다친 것은 아닌지 걱정이 되기도 했다.

"그래서 죽었대?"

"죽을지도 모른대."

"아직 죽었는지 안 죽었는지 모르잖아."

"살 가능성이 별로 없을 거야. 각목 맞고 콘크리트 바닥에 머리를 박고 쓰러졌대. 하루가 지났는데도 의식이 아직 없다는데 뭐."

"왜 싸웠을까?"

"그야 모르지 뭐. 그냥 싸움 붙었다가 힘 센 놈이 이겼나?"

"근데 때린 애가 누군데?"

"H중 2학년인데. 노는 애도 아니래. 모범생이라는데?"

"진짜? 공부 잘하는 애도 주먹 쓰나?"

"그 때린 놈은 어떻게 된대?"

"때린 놈은 이제 강전(강제전학) 아닌가?"

"살아 있대?"

"그럼. 때린 놈은 살아 있지. 하지만 솔까(솔직히 까놓고 말해서) 학교 선배를 패서 죽게 만들었으니 인생 종친 거 아니냐? 강전 가지고 되겠냐?"

"안 죽을지도 모르잖아."

"안 죽어도 마찬가지야. 그 일배라는 애가 국회의원 아들이라잖아. 선생님들도 모두 일배 편일 거야. 뭐 일배가 피해자인 건 사실이니까."

"인생 종쳤군. 아직 중2인데."

심아경은 더 이상 듣고 있을 수가 없어서 슬그머니 일어섰다. 어디까지가 확인된 사실이고 어느 부분이 아이들 사이에서 부풀려진 소문인지 알 수 없었다. 이야기는 일파만파로 퍼지고 있었다. 점점 상황이 밑도 끝도 알 수 없는 방향으로 확대되고 있는 것 같아 그녀는 더 두려운 마음이 들었다. 하지만 한 가지 확실한 것은 있었다. 강아경이 죽지는 않았다는 것!

— 강아경에게 무슨 일이 있으면 안 돼. 절대로. 나 때문에 그 애가 다칠 수는 없어. 그런데 강전이라니. 말도 안 돼. 이건 정말 말도 안 되는 거야. 나쁜 놈들은 따로 있는데…….

복도로 나오니 지수와 지수 친구들이 서 있었다. 마치 심아경을 기다리고 있던 눈치였다. 심아경은 그들이 또 삼십만 원을 요구하러 왔나 보다고 순간적으로 지레짐작했다. 그런데 지수는 의외의 말을 툭 던졌다.

"심아경. 너 입 다물어."

"뭐, 뭐를?"

"우리 같이 있었다는 거 말이야."

"아……!"

그제야 아경은 상황이 판단되었다. 심아경 자신도, 지수도, 지수 친구들도, 대세도, 성민도, 그리고 나머지 패거리들도 그 자리에 없었던 걸로 되어 있다는 것을. 오직 강아경과 일배만이 그 자리에 있었고, 둘의 폭력사건으로 모두가 결론짓고 있다는 것을.

"입 벌리는 순간. 너 죽는다, 무슨 말인지 알지?"

"……."

고개를 주억거리는 심아경을 노려보며 지수와 지수 패거리들이 지나쳐 갔다.

아이들은 하루 종일 전날의 폭력사건에 대해 떠들어댔다. 학교
에서는 폭력에 대한 경각심을 일깨우는 동영상을 보여주며 6교시
수업을 대체했다. 담임 선생님은 종례 시간에 불량 청소년들을 조
심하라고 경고했고, 인적이 드문 곳, 즉 공사장과 같은 곳에는 절
대로 가지 말라고 주의를 주었다. 휘몰아치는 폭풍 한가운데 서
있는 것처럼 심아경의 마음은 분주하기만 했다.

　—너는 나를 위해 그 위험한 곳으로 달려왔는데 나는 너를 두
고 도망치다니! 강아경 미안해. 미안하다는 말밖에는…… 할 말이
없어. 이제 나는 무엇을 해야 하는 것일까?

넌, 내 마음을 비추는 거울이었어!

1

강아경은 깊은 잠에 빠져 있었다. 강아경은 꿈속에서 어젯밤으로 다시 돌아갔다. 모든 고통은 꿈속에서 다시 재현되는 듯했다. 울고 있던 심아경의 모습도, 대세의 주먹도, 일배의 비아냥거림도, 각목을 휘두르는 자기 자신의 모습도 선명하게 보였다. 쓰러진 일배의 백지장처럼 하얗게 변해버린 얼굴이 보였다. 각목을 맞은 머리 부위에서는 피가 나는 것 같았다. 아무리 흔들어도 일배는 깨어나지 않았다. 그 순간, 어린 시절 운동장에서 딸기우유를 먹다가 날린 펀치에 성민이 쓰러졌을 때처럼 공포가 엄습했다.

— 설마 나 때문에 죽는 건 아니겠지? 아닐 거야…….

심장 박동이 빨라졌다. 피범벅이 된 얼굴을 하고서 있는 힘을 다해 쓰러진 일배에게로 기어갔다. 그러고는 일배 호주머니를 뒤져서 휴대폰을 꺼내 무조건 1번을 눌러보았다. 웬 여자가 받았다. 강아경은 그 여자에게 공사장의 위치를 상세히 설명했다. 여자가 허둥대는 걸 보니 일배의 엄마임에 분명했다. 강아경은 비틀거리며 공사장을 빠져나왔다. 도망을 가야겠다는 생각조차 하지 못했다. 오직 단 한 가지 생각은 집에 돌아가야겠다는 것뿐이었다.

— 집에 가자. 엄마한테!

온몸에 통증이 가득하고, 코에서 흐르는 피는 조금 줄어들긴 했지만 여전히 목을 타고 계속해서 흘러내렸다. 모든 일이 일어나기 전 건너왔던 횡단보도를 다시 건너갔다. 횡단보도를 건너 아파트단지 쪽으로 접어들었다. 그곳은 평화로워 보였다. 아이들과 엄마들과 오고 가는 사람들. 누구를 때리지도 누구에게 맞지도 않고 평범하게 살아가는 사람들인 것처럼 보였다. 강아경을 본 사람들마다 화들짝 놀라며 쳐다보았다. 강아경은 그런 시선들을 아랑곳하지 않고 있는 힘을 다해 걸었다. 집을 향해. 그리고 드디어 108동 앞에 다다랐다. 익숙한 입구를 지나 엘리베이터를 타고 올라갔다. 7층에 멈추었다. 엘리베이터 문이 열리고 강아경은 701호 앞에 섰다. 그리고 비밀번호를 누르는 대신 벨을 눌렀다. 떨리는 손끝에 체중이 다 실렸다. 엄마는 마치 아들이 오는 것을 알고 있었던 듯 벨이 울리는 것과 거의 동시에 문을 활짝 열었다. 엄마는 항상 문밖의 발소리에 귀를 기울이며 아들을 기다리고 있었는지도 모른다. 벽을 짚고 겨우 서 있던 아경은 현관문이 열리자 한 발 안으로 들여놓는 순간 악착같이 정신 줄을 놓지 않으려던 긴장감이 무장 해제되면서 그대로 엎어져버렸다.

"아경아!"

엄마의 비명 소리가 꿈결 속에서 들렸다. 아경아, 아경아, 아경아! 누가 누구를 부르는지도 알 수 없었다. 엄마는 기다리라고 했다. 병원에 가자고 했다. 하지만 엄마는 119에 전화 한 통도 제대로 걸지 못한 채 허둥댔다. 엄마는 몇 번이고 버튼을 누르고 다시 눌렀다. 휴대폰을 떨어뜨렸다가 다시 주웠다. 아주 어렵게 전화 연결이 되었지만 엄마는 더듬거리며 주소 하나도 제대로 말해주지 못해서 몇 번이나 다시 말해야 했다. 응급차를 부른 엄마는 지갑을 찾아 주머니에 꽂고 강아경을 업으려 했다. 엄마는 몇 번이나 앞으로 꼬꾸라졌지만 마침내 아경을 업고 일어섰다. 엄마가 뱉어내는 한숨과 같은 신음 소리가 들리는 듯했다. 이어 엄마는 잘 나오지도 않는 목소리로 아경에게 속삭였다.

"우리 아들. 조…… 조금만 참아……. 병원……에 가자……. 그러면…… 산다."

엄마는 한두 걸음도 제대로 걷지 못하고 다리를 절며 휘청거렸다. 그러나 넘어지지는 않았다. 엘리베이터를 탔다. 엄마의 격한 숨소리가 강아경의 거친 숨소리에 섞여 들었다.

— 헉. 헉. 헉.

엄마의 몸이 떨렸다. 다리가 후들거렸다. 그러면서도 계속 속삭였다.

"우리 아들…… 조금만 참아……. 엄마가…….."

엘리베이터 문이 열렸다. 엄마는 첫발을 떼려다가 그만 휘청거리고 앞으로 넘어질 뻔했지만 벽을 잡고 다시 중심을 잡았다. 엄마는 기어서라도 갈 모양인가 보았다. 엄마는 신음 소리를 뱉어내고 버둥거리며 한 발을 떼었다. 그렇게 아파트 출입구까지 거의 다 걸어 나갔을 때 드디어 멀리서 사이렌 소리가 들려오기 시작했다.

"우리 아들…… 아무 걱정하지 마라…….."

엄마는 계속 그 말만 했다. 엄마의 등이 축축하게 젖어들었다. 아들의 피와 엄마의 땀이 한데 범벅이 된 그 등은 축축하고 끈적였지만 강아경은 한없는 포근함을 느꼈다. 언제였을까? 아주 어렸을 때, 희미한 기억 속의 한 장면이 떠올랐다. 어린 아경은 엄마 등에 업혀 있었다. 집에서 가위를 가지고 장난을 치다가 손가락 사이가 찢어진 적이 있었다. 놀란 엄마는 그대로 아들을 업고 병원으로 뛰었다. 어둑어둑한 밤, 별빛이 총총했다. 피를 보고 놀라긴 했지만 엄마 등은 포근했다. 엄마는 아들이 놀랄까 봐 계속해서 무언가를 속삭여주었다.

"우리 아들…… 조금만 참아라. 금방 병원 가자."

엄마는 헉헉거리면서도 그렇게 계속 속삭여주었다. 다 커서, 이제는 엄마보다 훨씬 크고 무거워진 강아경은 엄마 등에 업혀서 어린 시절 그때처럼 엄마의 목을 꼭 껴안아보았다. 엄마…….

"엄……마……!"

눈을 떴다. 낯설고 하얀 천장이 보이더니 낯익은 엄마의 얼굴이 눈에 들어왔다.

"아경아!"

침대 맡에 앉아 있던 엄마가 벌떡 일어나서 강아경을 들여다보았다. 목이 말랐다. 온몸이 쑤시고 아팠다. 자신의 몸을 살펴보았다. 오른손에는 붕대가 감겨 있었다. 얼굴에도 무언가 씌워놓은 듯해서 손으로 만져보려 했지만 엄마가 그의 손을 잡으며 알려주었다. 코뼈가 부러져 수술을 했으니 함부로 만지면 안 된다고. 손등이 찢어져 여덟 바늘을 꿰맸으니 무리하게 손을 움직이지 말라고도 했다. 엄마 목소리는 평소와 달리 나지막하게 가라앉아 있었고 엄마의 눈은 마치 그 사이에 10년은 늙어버린 사람처럼 퀭하니 들어가 있었다.

"아…… 아파."

"그래. 아프지⋯⋯. 조금만 참아. 곧 괜찮아질 거야."

엄마는 강아경을 톡톡 다독여주다가 결국 눈물을 뚝뚝 떨어뜨렸다.

"아경아. 엄마는 네가 잘못되는 줄 알았다. 네가 현관문 앞에서 쓰러졌을 때 네 창백한 얼굴색을 보고 피범벅이 된 옷을 보고⋯⋯ 살아만 달라고 기도했다⋯⋯. 엄마가 미안하다. 엄마가 그동안 잘못했어. 살아만 있어도 이렇게 감사한데⋯⋯. 엄마가 너무 내 욕심만 부렸어⋯⋯."

강아경은 꿈속에서 따뜻했던 엄마의 등을 다시 떠올렸다.

2

다음 날 저녁 무렵에 누군가 병실에 찾아왔다. 학교 담임인 정명수 선생님이었다. 가출을 한 동안 무단결석으로 처리하지 않고 엄마와 협의하여 강아경의 가출을 눈감아주던 사람이었다. 물론 엄마가 만들어간 가짜 진단서가 큰 힘이 되긴 했을 것이다. 강아경이 지난 1학기 기말고사 때 엄마에게 반항하기 위해 한 가지 번호로만 답안을 체킹해서 제출했을 때도 정명수 선생님은 화를 내기보다는 '어릴 때 한 번쯤 다 해보는 짓'이라며 한마디로 웃고 넘어가서 강아경의 반항을 무색케 했다. 가출을 해서 학교에 나가지 않던 최근에도 '너무 오래 방황하지는 말라'고 카톡을 보내주던 대인배 선생님이었다. 그런데 병실에 들어선 선생님의 얼굴은 어둡기만 했다. 아니 강아경에게 화가 나 있는 것만 같았다. 정 선생님은 엄마와 아경에게 위로의 말을 던지더니 이내 본론으로 들어갔다.

"강아경. 기다려주면 정신 차리고 다시 너의 자리로 돌아오리라 끝까지 믿었는데 상급생을 패고 이런 모습으로 다시 나타나다니 선생님은 정말 실망스럽다."

"……."

강아경은 고개를 숙였다. 코에 붙이고 있는 깁스가 더 무겁게 느껴졌다. 선생님은 말을 이었다.

"학교에서는 학교폭력위원회가 소집되었단다. 짐작은 되지? 너희 문제를 상의하기 위해 긴급 소집한 것이다. 그리고 너는 일단 출석정지 조치다."

"네."

선생님은 강아경의 모습을 물끄러미 쳐다보았다.

"도대체 너희 둘이 왜 싸운 거니?"

"……."

"상대방은 지금 의식불명이야. 뇌진탕이야. 죽을 수도 있단다."

"아······!"

드디어 올 것이 왔다 싶었다. 말문이 막혔다. 아무것도 설명하거나 대답할 수가 없었다. 사람이 죽을지 모른다는데, 자신이 휘두른 폭력 앞에 한 사람이 죽을지도 모른다는 사실에 아경은 당혹스러워 어떻게 해야 할지 알지 못했다.

"정말······ 죽을 수 있나요?"

강아경은 다시 한 번 되물었다.

"······그래······."

엄마가 곁에 앉아 있다가 끼어들었다.

"선생님, 아경이가 아직 상태가 좋지 않아요. 좀 회복된 다음에 자세한 걸 물어도 되지 않을까요?"

엄마 말에 선생님은 그다지 귀 기울이는 것 같지 않았다. 선생님은 아경에게 직접적으로 다시 물었다.

"왜 때린 거니?"

"그건······."

"넌 지금 학교 폭력 가해자가 되어 있어."

"······."

강아경은 잘 설명할 수가 없었다. 어디까지 솔직하게 말을 해야 하는지 판단이 서지 않았다. 또 심아경에게 어떤 영향을 미칠지도 알 수가 없었다. 사실대로 밝혀서 그들이 처벌을 받는다 해도 전학을 가는 정도일 텐데, 언제라도 다시 심아경 주변에 나타나 해코지를 할 수 있는 일이었기 때문이다.

"사실대로 말해라."

"······."

"말을 해라. 너밖에 모르는 상황이 있는 거지? 그렇지?"

"······."

강아경은 다시 고개를 돌려버렸다. 선생님에게는 미안했지만 아무리 다그쳐도 입을 열 수가 없었다. 눈시울이 뜨거워졌다. 엄마가 다시 끼어들었다.

"선생님, 오늘은 이만하시죠."

그제야 선생님은 고개를 끄덕이며 일어섰다. 선생님은 다시 오겠다고 했다. 그리고 엄마에게 덧붙였다.

"어머니, 문제가 결코 작지 않아요. 상대 학생 아버지가 국회의원입니다. 우리 학교 운영위원회 회장이기도 하고요. 벌써 상황을 파악하려 보좌관들을 보냈습니다. 학교는 온통 쑥대밭이 되었어요. 일배 학생이 뇌진탕으로 잘못되기라도 한다면, 아경이는 폭행 치사가 되는 겁니다."

엄마는 고개를 주억거리며 그저 선생님에게 잘 부탁한다고만 했다.

담임 선생님이 돌아간 후 강아경은 엄마를 똑바로 보지 않았다.

엄마는 무언가 물어보고 싶은 걸 억지로 참는 모양이었다. 저녁에
는 아빠가 왔다. 엄마는 집안 살림을 돌보러 돌아갔다.

　다음 날 아침 깨어보니 아빠는 잠을 자러 돌아가고 엄마가 곁에
있었다. 일요일이었다. 하루 종일 텔레비전에서는 강한 비바람을
동반한 초강력 태풍의 경로가 한반도로 향할지 일본을 거쳐 중국
으로 빠져나갈지 귀추가 주목된다며 떠들어대고 있었다. 그러나
창밖은 고요할 뿐이었다. 무더위도 한풀 꺾이긴 했지만 여전히 한
낮에는 태양빛이 이글거렸다. 강아경은 계속 잠만 잤다.

　낮잠을 자고 일어나 보니 아빠가 곁을 지키고 있었다. 아빠가
물을 건네주었다. 몸이 조금씩 편안해지고 있는 게 느껴졌다. 아
빠와 아경은 잠자코 텔레비전을 보면서 아무 말도 나누지 않았다.
뉴스가 끝나고 광고가 나오자 아빠는 이윽고 오래 참았다는 듯이
아경에게 물었다.

　"아경아. 왜 그랬니? 이제 몸도 좀 낫고 하니까 자세히 말 좀 해
봐라."

　"……"

　"이대로 가만히 있다가 일배네에서 고소라도 한다면……"

　아빠의 목소리가 가늘게 떨렸다. 아들에 대한 분노와 연민, 아들
의 장래에 대한 불안과 번뇌가 뒤섞인 목소리였다.

　"왜 싸웠니? 이유가 있었을 거 아니야. 상황을 말해라. 이대로

일방적으로 당하고만 있을 수는 없잖니. 정말 네가 일배를 그 지경으로 만든 거니?"

아빠는 아직도 그 사실이 믿어지지 않는 모양이었다.

"네…… 그건…… 사실이에요. 내가 각목으로 때렸어요."

"……흡……."

아빠는 나오는 말을 억지로 참고 숨을 들이마시더니 얕게 한숨을 내쉬었다. 아마 일배가 무사히 의식을 차리기를 간절히 바라는 것은 일배의 부모 못지않을 터였다. 일배가 의식이 돌아와야 강아경이 살 수 있기 때문에.

월요일 오후, 담임 선생님이 다시 왔다. 학교 수업을 마치자마자 달려온 듯했다.

"어머니, 아경이가 오늘은 좀 어떤가요? 대화를 좀 나눠야 하는데요. 아 참. 폭력 사건이라 아이들에게 병문안은 자제시켰습니다. 양해해주세요."

이렇게 형식적인 인사말을 서둘러 마친 선생님은 자리에 앉자마자 아경에게 말했다.

"아경아! 일배가 깨어났단다!"

"네?"

강아경의 얼굴에 화색이 돌았다. 병실 한쪽에 앉아 있던 엄마도

벌떡 일어서며 안도하는 빛이 역력했다. 그런데 담임 선생님의 표
정은 그리 밝지 않았다.

"그런데 불안 증세를 보인다고 해서 면회는 안 되고 있다. 의사
의 지시사항이라고 일배 부모님들이 말하고 있어."

"네."

"조사는 부모님을 통해서 이뤄지고 있는 셈이지. 그런데…… 일
배 측에서는 네가 돈을 빼앗으려 했고, 그 과정에서 시비가 붙었
다고 하더라."

"아, 아니에요. 돈을 빼앗으려 한 게 아니에요."

"우리 학교의 정대중이라는 애 알지? 걔 역시 최근에 너에게 돈
을 빼앗긴 적이 있다고 자진 신고했단다."

"뭐라고요?"

"그래. 가출했을 때 학원에서 마주쳤는데 네가 삼만 원을 빼앗
았다고. 그리고 Y중학교에 다니는 자기 형인 정대세도 공원에서
너에게 맞은 적이 있다는 거야."

"거, 거짓말이에요. 돈은 빼앗은 게 아니라 대중이가 준 거예요.
그리고 정대세라는 상급생은 공원에서 마주치긴 했지만 때린 적
은 없어요."

강아경은 급하게 말하면서도 정대중 그 자식을 생각했다. 대중
이 대세의 동생이라고는 생각지 못했다. 심아경의 적이 하나 더

늘어난 것 같아 마음만 더 불안했다. 담임 선생님은 강아경이 돈을 빼앗거나 때린 적이 없다고 하니 조금 안심을 하는 눈치였다. 그러나 사건 당일의 일에 대해서는 달랐다.

"그럼, 네가 각목으로 때린 건 사실이냐?"

"일배를 때린 건 사실입니다."

"……."

담임 선생님의 얼굴이 다시 일그러졌다.

"하지만, 일배는."

"그래. 계속 말해봐라!"

"일배는 혼자가 아니었어요."

"뭐라고?"

선생님은 깜짝 놀라 눈을 반짝이며 되물었다. 엄마가 선생님 곁으로 바짝 다가와 섰다.

"그게 무슨 소리니?"

"아, 아무것도 아니에요."

강아경은 고개를 돌려버렸다. 엄마가 끼어들었다.

"아경아. 사실대로 다 말해야 해. 제발 말을 해라."

엄마가 애원하다시피 말했다. 하지만 강아경은 더 이상 말할 수 없었다. 사실대로 말해버리면 그들이 그녀를 가만히 놔둘 리가 없었다. 그들의 만행을 폭로한다고 해도 그 애들이 감옥에 가서 나오지 못하게 되는 것도 아니고 그저 강제전학 가고 마는 정도라면 언제든지 다시 이 동네에 출몰할 수 있는 거였다. 심아경은 계속 위험에 노출될 게 분명했다. 아니 오히려 더 위험해질 뿐이다. 보복행위가 남아 있으니까 말이다.

선생님은 바짝 다가앉으며 강아경의 손을 잡았다.

"아경아. 사실대로 말을 해야 도울 수 있다! 지금 너는 가해자가 되어 있어. 네가 입을 다물면 그냥 가해자로 낙인찍히는 거다. 하지만 선생님은 네가 아무 이유도 없이 그렇게 사람을 패는 학생은 아니라고 믿는다."

"선생님!"

"난 분명 그렇게 믿는다. 네가 가해자라면 너는 왜 이렇게 다친 거니?"

"……"

"겁내지 말고 다 말을 해. 선생님을 믿고 다 말해라. 우리가 힘을 합쳐서 진실을 밝히자."

강아경은 오히려 선생님에게 묻고 싶었다.

—어떻게요? 어떻게 그 아이를 지킬 수 있는 건데요? 두 번 다시 나쁜 놈들에게 맞지 않게 어떻게 보호할 수 있는 건데요? 사실을 밝혀도 보복행위를 당하지 않도록 막을 수 있는 건가요? 누가 막아줄 수 있는 건가요?

선생님은 강아경의 거부하는 태도를 보고 더 이상 캐묻지 못했다. 몸조리 잘해라, 다시 오마, 그렇게 말하며 일어섰다. 병실을 나서며 선생님은 엄마에게 당부했다.

"다행히 일배 부모님께서 사건을 크게 확대시키는 것을 원치 않아요. 아무래도 정치인이다 보니 그렇겠죠. 학교 측도 그렇고 조용히 처리하기를 원합니다. 그래서 교장 선생님 지시로 경찰에도 알리지 않고 조용히 처리하려고 하는 중입니다. 아경이네에서 일배 부모님과 합의해서 적당한 치료비를 변상해주시는 걸로 마무리 지으면 어떨까요? 물론 아경이가 강제전학을 가게 될 겁니다."

"아⋯⋯."

"그나마 일배가 의식이 돌아와서 이 정도로 마무리될 수 있는 겁니다만 문제는 아경이가 가해자고 일배가 피해자가 되어 있다는 것입니다. 학교 폭력 가해자로 학교생활기록부에 기록이 남을 겁니다."

"아경이가 그랬을 리가 없어요."

"저도 그렇게 생각합니다. 그러나 아경이가 입을 열지를 않으니⋯⋯ 일배는 직접 만나볼 수도 없는 상황입니다."

"그날 아침 아경이가 갑자기 집에 와서 삼십만 원을 달라고 해서 급한 일이 있는 것 같아 주었습니다. 하지만 병실에 실려 온 후 환자복으로 갈아입히고 나서 입고 있던 옷을 보니 그 돈은 없었습니다. 그 돈이 어디로 간 걸까요? 이 사건과 관련이 있는 거 같지 않으십니까?"

"아경이는 상당히 우수하고 장래가 촉망되는 아이인데 이런 폭력 사건에 휘말리다니. 제가 더 힘이 없는 게 안타까울 뿐입니다. 목격자가 있다면 누군가, 증언을 해준다면 상황을 반전시킬 수 있을 텐데……."

강아경은 선생님의 마지막 한마디를 들으며 돌아누웠다. 자신의 인생이 어디로 흘러가는지 알 수 없어 불안했다. 그러나 흔들리는 불안 한가운데서도 그는 심아경만은 지키고 싶었다. 그는 그녀를 나지막하게 불러보았다.

— 심아경……. 이제 알 것 같아. 너의 아픔을 보면서 나는 나의 모습을 깨달았던 거야. 도망만 다닌 건 네가 아니라 바로 나였던 거야. 나…… 내 맘대로 살겠다고 당당한 척 말했지만 사실은 나도 도망만 다니고 있었던 거야. 내 숨통을 죄는 답답한 현실로부터. 네가 옥상으로 도망만 다니려 했던 것처럼 말이야. 우리는 도대체 어디까지 가려고 했던 것일까? 소중한 우리 인생, 우리 미래를 내버려두고 말이야.

두렵지만, 첫걸음

1

월요일 아침, 학교에서 일배가 깨어났다는 반가운 소식을 들었을 때만 해도 심아경은 새로운 희망을 발견하고 내심 안도의 한숨을 내쉬었다. 최소한 일배가 죽지는 않았으니까 그만큼 강아경의 입장이 조금은 유리해질 수 있을 것 같았다. 그러나 돌아가는 상황은 그녀의 예상과는 달랐다. 일배의 부모님은 일배의 불안 증세를 호소하며 의사의 소견서까지 얻어내어 일배를 내놓지 않고 있다는 소식이 들렸다. H중 학교폭력위원회에서는 직접 당사자인 일배를 만나 조사하려 했지만 아무것도 알아내지 못했다. 더구나 일배 측에서는 아경이 휘두른 각목을 맞은 피해자라는 사실만 계

속 주장했다. 일배가 의식을 회복하자마자 강아경이 유리해지기
는커녕 더욱 수세로 몰리고 있는 느낌이었다. 일배가, 피해자를 자
처하며 직접 폭력 피해를 말하니 모든 상황이 강아경에게 더 불리
한 쪽으로 확고해지고 있는 것이었다.

아이들의 관심은 온통 이 사건에 집중되었다. H중 일진을 때려
생사 위기까지 몰고 간 강아경이 Y중에서는 스타가 되었다. 아이
들은 하루 종일 강아경 이야기에 여념이 없었다.

강아경이 때린 거 맞대. 가해자니까 강전 당할 거야. 야 아깝다.
걔 완전 훈남, 몸짱인데. 공부도 잘했다며. 별명이 전교 1등이던
데? 그렇게 공부 잘하는 애가 왜 싸움을 했을까? 최근에 성적이
떨어져서 비관 가출을 했다잖아. 나도 전교 1등 한 번만 해보면 소
원이 없겠다. 그래도 하필 재수 없게 국회의원 아들을 때리냐. 강
전하면 걔 특목고 못 가는 거야? 걔네 형은 우리나라에서 제일 좋
은 00고 나와서 00대학 갔다잖아. 강아경도 특목고 목표로 공부
했다고 하던데. 근데 일배는 일진이잖아. 일진 좀 때린다고 강전이
냐. 그동안 일배 새끼가 때린 애들도 많을 텐데. 일배 그놈도 좀 맞
아봐야 되는 거 아니냐? 일배는 아버지 빽이 든든하잖아.

창밖을 보니 하늘은 점점 더 어두워지고 있었다. 늦여름 태풍이
북상한다더니 그 경로가 한반도를 향하게 되었는지도 몰랐다. 심
아경은 그를 한번 만나보고 싶었다. 얼마나 다쳤는지, 회복이 되고

있는지, 왜 그만 가해자가 되어 강제전학을 당해야 하는 건지 물어보고 싶었다. 그래서 그녀는 일요일이던 전날에 그가 입원해 있다는 병원 앞까지 가보기도 했다. 하지만 들어갈 수는 없었다. 다시 그를 볼 면목이 없어서 병원 주변을 한참 서성거리다가 결국 돌아오고 말았다. 심아경은 답답했다.

—아경아, 왜 말을 안 하니. 네가 피해자라고 왜 말하지 않는 거니…….

답답한 심정으로 멍하니 창밖을 보고 있는데 뒤에서 귀에 익은 목소리가 들렸다.

"야, 심아경!"

돌아보니 지수였다. 그리고 교실 문 밖 복도에는 대세가 서 있었다. 그들은 따라오라는 눈짓을 했다. 심아경은 그들이 걸음을 멈출 때까지, 학교 건물 뒤편 구석으로 따라갔다. 운동장에서 북적거리는 아이들의 소리도 거기서는 잘 들리지 않았다. 그곳에는 이미 이은주, 유진희가 나와 있었다. 그들은 일제히 심아경을 분노와 미움이 가득한 눈으로 쏘아보았다. 지수가 먼저 시작했다.

"이년아. 그 강아경인지 강정인지 하는 네 남친 새끼가 우리 일에 끼어드는 바람에 우린 계속 빡을 치는 중이다. 알았냐? 재수 없는 년 같으니라고."

심아경의 턱이 다시 덜덜 떨렸다. 마치 지수의 목소리가 들리면 떨리도록 프로그래밍된 인형처럼 말이다. 그러나 그날은 지수의 손이 올라가지는 않았다. 발도 날아오지 않았다. 그것만 해도 다행이었다. 다만 대세가 끼어들었다. 그는 묵직한 손으로 심아경의 양어깨를 쥐고 흔들며 나지막하게 속삭였다.

"하일배가 깨어난 거 알지? 그래도 달라지는 건 없어. 강아경은 어차피 강전 가야 할 거야. 니네가 재수 없이 잘못 걸린 거야. 그러니 입 다물어라. 함부로 입 놀렸다가는 골로 가는 수가 있어. 두고 봐라. 우리 빡 치게 만들면 너도 똑같이 해줄 테니까!"

심아경은 아무 초점도 없는 멍한 눈으로 앞만 바라보았다. 대세의 교복 앞주머니에 달린 '정대세'라는 이름표만 선명하게 보였다. 그날 대세에게 주먹을 날리던 강아경의 모습이 떠올랐다.

─강아경, 너를 그렇게 만든 애들인데, 너에게 그토록 모질게 한 애들인데 난 이 애들 앞에서 또다시 비굴하게 떨고 있다니…….

"입 다물라고. 알았지?"

지수가 심아경의 귀에 대고 쐐기를 박듯이 싸늘하게 말했다. 심아경은 대답하지 않았다. 고개를 끄덕이지도 않았다. 그저 초점 없이 멍한 눈으로 앞만 바라볼 뿐이었다. 축축한 바람이 불어오고 있는 가운데 하늘이 온통 캄캄해지고 있었다. 강아경의 목소리가 들리는 것 같았다.

혼자라고 생각하지 마.

—강아경. 너는 말했지. 도와주겠다고, 함께 있어주겠다고. 그런데 나는…… 도대체 어디까지 도망가려고 했던 것일까? 너를 두고, 소중한 내 인생을 두고…….

지수는 뻣뻣하게 서 있는 심아경을 노려보더니 가자, 라고 대세에게 손짓을 했다. 대세가 주머니에 손을 꽂은 채 심아경을 툭 치고는 어슬렁어슬렁 지수 뒤를 따라붙었다. 지수가 대세에게 속삭이는 게 들렸다.

"강아경 그 개자식 입 열면 큰일인데."

"그 새끼 입 열면 심아경 가만 안 둔다!"

심아경의 가슴이 쿵쿵 뛰기 시작했다. 강아경이 왜 그동안 아무것도 말하지 않고 있었는지 알 것 같았다.

—그래서였던 거야? 나 때문인 거야?

심아경은 그 자리에서 하늘을 쳐다보았다.

후두두둑!

드디어 시커멓게 된 하늘에서 빗방울이 떨어지기 시작했다. 태풍의 영향권으로 접어들고 있는 듯했다. 세찬 소나기가 내렸다. 먹구름이 가득 몰려든 하늘은 컴컴해지고 마치 우박같이 굵은 빗방울들이 후드득, 후드득, 소리를 내며 운동장을 때리듯이 쏟아졌다. 그러고는 천둥이 한바탕 우르릉 울어댔다.

—누군가 내게 말해줘. 내가 이제 무엇을 해야 하는지.

심아경은 하늘에 대고 그렇게 물었다. 빗방울이 얼굴을 적셨다. 가방도 젖고 교복도 젖었다.

아침에 아빠는 이미 심아경의 전입신고를 마쳤다고 했다. 곧 학교 담임 선생님을 만나 절차를 밟으면 된다고 했다. 이 동네에서 머무르게 될 시간도 얼마 남지 않았다.

심아경은 비를 쫄딱 맞으면서 집으로 돌아왔다. 집에 들어가 보니 아빠의 물건들이 일부 빠져나가고 없었다. 아빠는 아줌마와 살집을 구해놓은 다음부터 짐을 조금씩 옮기고 있는 듯했다. 심아경은 흠뻑 젖은 몸으로 옥탑 창고에 올라가 보았다. 옥탑 창고에서도 몇 가지 살림살이가 빠져나가고 없었다. 눈에는 보이지 않았지만 그녀는 거기서 강아경의 흔적을 느낄 수 있었다.

강아경이 생일 축하 파티를 해주던 밤이 생각났다. 학교 앞까지 찾아온 강아경에게 시계 따위는 필요 없다며 던져버린 그날이었다. 심아경이 강아경에게 시계를 돌려주고는 지수네 패거리들에게 끌려갔다가 힘겹게 옥탑방으로 돌아간 날 밤이었다. 강아경이 생일 케이크에 촛불을 밝혀주었고, 그리고 다시 그 시계를 채워주던 모습이 떠올랐다.

"이제 다시는 풀지 마. 나한테 돌려주면 안 돼. 알았지?"

"약속할게. 다시는 풀지 않는다고."

약속할게. 이제 풀지 않을게…… 그녀는 그날 밤 자기가 했던 말을 곱씹으며 시계를 찬 손목을 꽉 잡았다. 그 누구도 타인의 시간을 망치게 할 권리는 없다. 그 누구도 나의 시간을 망칠 권리는 없어, 라고 그녀는 생각했다. 누군가 나의 인생을 망치려 할 때 그것에 저항하지 않는 것은 내 인생에 대한 예의가 아니야, 라고 그녀는 생각했다.

―강아경! 이제 알겠어. 내가 무엇을 해야 하는지. 더 이상 도망가지 않을래. 난 어차피 옥상으로 가려고 했던 몸이잖아. 앞으로 지수가 나에게 무슨 짓을 해도, 아무리 힘든 일이 있어도 죽는 것만큼 힘들지는 않겠지? 죽으려고 했던 그 용기로 조금만 힘을 내어 살아볼게. 너를 위해서. 네가 나를 위해 용기를 냈던 것처럼 나도 그렇게 할게. 조금만 기다려.

심아경은 전등을 켰다. 폭우와 먹구름으로 어두워진 주변이 환하게 밝아왔다. 심아경은 시계의 캠코더에 저장된 자신의 영상을 돌려보았다. 며칠 동안 차마 확인해보지도 못한 채 덮어두었던 영상이었다. 영상 속의 그녀는 사냥꾼에게 쫓기는 어린 짐승같이 비참해 보였다. 그녀 자신의 울음소리가 실감나지 않았다. 오래 보고 있을 필요가 없었다. 그녀는 손에 힘을 주어 삭제 버튼을 눌렀다. 사라져야 하는 것을 사라지게 하는 것, 그녀에게는 작은 시작이었다. 그러고는 가방에서 종이와 펜을 꺼냈다. 빗소리를 들으며 노란 백열전구 밑에서 한 글자 한 글자 힘을 주어 무언가를 써 내려가기 시작했다.

사는 것이 더 두려운가, 죽는 것이 더 두려운가. 그것은 심아경에게 끝없는 물음표였다. 하지만 그녀는 빗소리를 들으며, 강아경이 없는 빈 옥탑방 전등불 아래에서 혼자 무언가를 써 내려가며 생각했다. 진정으로 물어야 했던 것은 무엇이 더 두려운가가 아니었어, 라고. 진정으로 물어야 했던 것은, 살아야 하는 이유가 더 큰가, 죽어야 하는 이유가 더 큰가, 바로 그거였다. 두려움이 아니라 '이유', 바로 그것을 물어야 했다.

밤새 폭우가 쏟아졌다. 빗소리가 강해질수록 강아경과 함께 앉아 지냈던 밤들이 새록새록 떠올랐다. 옥탑 창고의 허름한 문은 금세라도 깨어질 듯 요란스럽게 흔들렸다. 아빠는 밤늦도록 들어오지 않았다.

2

다음 날 아침, 눈을 떠보니 비가 그쳐 있었다. 길거리에는 밤새 이리저리 휘둘린 입간판이 넘어져 있는 것이 눈에 띄었다. 근린공원 한 귀퉁이에는 아직 어려 키가 작은 은행나무 하나가 밑동부터 꺾여 쓰러져 있었다. 심아경은 자신의 학교로 가는 대신 강아경의 학교인 H중학교로 갔다. H중학교의 운동장도 어수선하게 변해 있었다. 꺾인 나뭇가지들이 여기저기 흩어져 있었다. H중 교복을 입고 등교하는 학생들 사이로 아경은 Y중 교복을 입고 서 있었다. 지나가는 아이들이 그녀를 힐끔힐끔 쳐다보았다.

등교 시간이 다 되어가자 학생들이 우르르 달려서 교문을 통과했다. 그리고 잠시 후 지각한 몇몇 아이들이 헐레벌떡 뛰어오는 것도 보였다. 한참이 지나서 우유 하나를 쪽쪽 빨며 지각 따위는 아랑곳하지 않고 당당하게 걸어오는 아이도 있었다.

심아경은 시간이 되기를 기다렸다. 아침 조회 시간이 끝나고 모든 선생님이 교무실로 모이는 시간대를. 지각한 아이들도 모두 사라진 후 심아경은 천천히 H중학교의 교문을 통과했다. 교문을 지키고 있는 사람은 아무도 없었다. 본관 건물로 가서 계단을 올라 교무실을 찾았다. 그녀의 손에는 하얀 쪽지 하나가 꼭 쥐어 있었다.

드르륵!

심아경은 교무실의 문을 열고 들어섰다. 각 반에서 아침 조회를 마치고 교무실로 모인 선생님들은 차를 마시거나 이야기를 나누거나 전화 통화를 하고 있었다. 또 한쪽 구석에는 아침부터 선생님에게 지적을 당해 불려온 아이들이 보였다.

간밤의 폭우가 그친 하늘에서는 구름 사이로 해가 났다. 활짝 열린 창으로 하얀 햇살이 들어왔다. 하늘 저편에는 아직 먹구름이 남았지만 그 먹구름마저 금세 걷힐 듯 멀어져 갔다.

교무실에 들어선 심아경을 발견한 몇몇 사람도 있었지만 대부분의 사람들이 한쪽 구석의 문을 열고 들어오는 심아경을 미처 발견하지 못했다. 심아경이 교무실 한가운데로 가서 서자, 한 명 두 명 그녀를 주목하기 시작했다. 한 여교사가 물었다.

"무슨 일이니? 우리 학교 학생이 아닌 것 같은데……."

심아경은 가볍게 고개를 숙이며 인사를 하고는 꼭 쥐고 있는 하얀 종이를 펼쳤다. 그리고 천천히 읽기 시작했다.

"저는 Y중학교 2학년 심아경입니다."

사람들이 심드렁한 표정으로 심아경을 쳐다보았다. 그녀는 또박또박 다음 줄을 읽어 내려갔다.

"저는 이번 하일배 폭력 사건의 목격자입니다. 그리고 H중학교 2학년 5반 강아경의 친구입니다."

갑자기 선생님들이 심아경을 주목하며 몰려들었다. 교무실 한쪽 구석에서 벌을 서고 있던 학생도 눈을 동그랗게 뜨고 쳐다보았다. 교무실 가장 끝자리에서 전화 통화를 하고 있는 남자 선생님이 급히 전화를 끊고 심아경 앞으로 달려 나와 물었다.

"난 강아경 담임 선생님이다. 네가 이 사건의 목격자라고? 정말 목격자니?"

심아경은 그 선생님을 향해 고개를 끄덕였다. 그리고 심아경은 다시 쪽지를 보며 읽기 시작했다.

"지난 8월 27일 목요일. 저는 우리 동네 서쪽에 있는 공사장으로 끌려갔습니다. 그리고 Y중학교와 H중학교의 일진 애들에게 집단 폭행을 당했습니다. 돈 삼십만 원을 만들어 오라고 했는데 마련하지 못했기 때문입니다. 아이들은 내 뺨을 때리고 발로 차고 협박했습니다. 그리고 내 옷을 벗기고 사진을 찍으려 했습니다."

여기까지 이야기하자 학교폭력위원회 부장선생님이 심아경에게 다가와, 따로 나가서 이야기하자며 팔을 이끌었다. 그러자 정명수 선생님이 부장선생님을 가로막았다.

"왜 가로막습니까? 우린 모두 진실을 알아야 할 이유가 있습니다."

정명수 선생님의 말에 다른 선생님들도 고개를 끄덕였다. 그러자 학교폭력위원회 부장선생님은 교장 선생님을 부르러 뛰어나갔다.

"내가 폭행당하고 있을 때 강아경이 저를 구해주려고 왔습니다. 그리고 싸움이 붙었습니다. 저를 폭행하던 아이들이 강아경을 때렸습니다. 한꺼번에 달려들어 때렸습니다. 강아경은 계속 저에게 도망치라고 소리쳤습니다. 저는 강아경이 걱정되었지만 너무…… 무서워서, 또 내가 방해만 될 것 같아서…… 남자애들이 싸우는 사이에 혼자 도망을 쳤습니다. 하지만 강아경은 그곳에서 빠져나오지 못했습니다. 그리고 그곳에 남아 계속해서 폭행을 당한 것입니다. 그 과정에서 사고가 난 것입니다."

"그 아이들이 누구니?"
정명수 선생님이 물었다.

"당시 공사장에는 일곱 명의 남학생과 세 명의 여학생이 있었습니다. 이 중에서 제가 알고 있는 애들은 Y중학교 2학년 박지수, 이은주, 유진희, 3학년 정대세, 그리고 H중학교 3학년 일진…… 바로 하일배입니다."

아! 하일배라는 이름이 확인되자 수군대는 소리가 새어나왔다. 일곱 명이라고? 하일배가 포함되어 있네. 이거 집단 폭행이잖아? 간단히 넘길 문제가 아니야. 선생님들이 웅성거렸다.

"저와 같은 학교에 다니는 박지수, 이은주, 유진희는 오래전부터 학교에서 저를 왕따시키고 때렸습니다. 돈을 가지고 오라고 했고 돈을 못 구하면 무차별 폭행했습니다. 최근에는 저희 학교 상급생인 정대세와 H중 학생인 하일배까지 동원하여 저를 폭행했습니다. 그리고 그것을 발설하면 죽여버리겠다고 늘 협박했습니다."

여기까지 읽은 후 심아경은 잠시 떨리는 손으로 쪽지를 든 채 머뭇거렸다. 그리고 뚫어져라 자신을 주목하고 있는 선생님들 앞에서 심호흡을 하며 마음을 다잡았다.

무엇이 정답인지는 언제나 어려웠다. 다만 그녀가 알고 있는 것은 더 이상 아무것도 느끼지 못하는 바보처럼 타인에 의해 자신의 인생을 난도질당할 수 없다는 것이었다. 아무리 두려워도, 더 힘든 일을 당하게 되더라도 때로는 앞으로 나아가야 할 때가 있는 법이라고, 그때가 바로 지금이라고 자신에게 속삭였다. 그리고 다음 말을 천천히 이어나갔다.

"폭행의 증거로 제 몸을 보여드리겠습니다!"

심아경은 교복의 상의 단추를 하나하나 풀었다. 교무실의 모든 선생님들은 얼음처럼 굳어져서 아무도 감히 심아경을 말리지 못했다. 그녀가 교복 상의를 열어젖히고 교복 치마를 걷어 올리자, 시퍼렇거나 자줏빛의 멍, 그리고 긁힌 자국과 담뱃불로 지진 자국들이 적나라하게 드러났다. 여기저기서 작은 신음 같은 탄성이 터져 나왔다. 세상에. 어떻게 이런 일이! 하면서 혀를 차는 소리가 들렸다. 교무실 한쪽 구석에서 벌을 서다 우연히 이 장면을 목격한 학생은 휴대폰을 꺼내더니 급하게 동영상을 찍어대기도 했다.

"강아경은 학교 폭력의 가해자가 아니라 집단 폭행의 피해자일 뿐입니다. 진짜 가해자를 가려서 벌해주십시오! 강아경이 아니라 하일배를 징계해주십시오. 선생님들이 하지 않으면 저는 이 모습 이대로 경찰서로 가겠습니다."

준비해온 쪽지를 다 읽자 심아경은 온몸을 부들부들 떨며 서서 눈물을 흘렸다. 그때 문이 드르륵 급하게 열리며 교장 선생님이 달려 들어왔다. 내가 교장이다, 그만하고 따로 이야기하자, 그렇게 말하는 교장 선생님을 향해 심아경이 외쳤다.

"교장 선생님, 강아경은 집단 폭행의 피해자입니다. 강아경을, 아경이를 제발 강제전학 시키지 말아주세요! 아경이는 억울합니다!"

그녀는 더 이상 말을 잇지 못했다. 교장 선생님은 휘둥그레진 눈으로 심아경과 그 주변에 서 있는 사람들을 번갈아 쳐다보았다. 정명수 선생님이 교장 선생님을 향해 말했다.

"교장 선생님, 이래도 이 사건을 조용히 처리하기를 원하십니까? 경찰에 알려야 합니다. 그리고 처음부터 다시, 제대로 조사해야 합니다. 이것은 단순한 학교 폭력이 아니라 집단 폭행이고 다른 학교 학생들까지 연루된 상습적인 학교 폭력 사건입니다!"

교장 선생님은 침통한 표정으로 아무 대답도 하지 못했다. 정명수 선생님은 옆자리 여교사의 의자 등받이에 걸려 있는 카디건을 들고서 아경에게 다가가 아경의 어깨를 덮어주었다. 한 여선생님이 다가와 아경을 꼭 안아주었다. 그리고 나지막하게 말했다.

"이젠 됐다……. 힘들었겠구나. 어른들이 미안하다!"

상처에게 지지 마!

1

9월 2일 아침, 태풍이 지나간 후 하루 만에 아침 공기가 차가워지고 가을이 성큼 다가온 듯했다. 그리고 조간신문에는 다음과 같은 기사가 실렸다.

현직 국회위원 아들, 집단 폭행 가담
서울 H중. 사건 은폐 의혹!

현직 국회의원 000의 아들 I군이 집단 폭행 사건에 연루된 것으로 밝혀졌다.
현재 000 의원과 학교 측이 사건을 은폐하려 했다는 의혹이 제기되고 있다.

서울 H중학교 3학년에 재학 중인 I군은 친구들과 함께 Y중학교 2학년 여학생을 상습적으로 괴롭히고 폭행해오던 중 이를 알고 친구를 도우려는 하급생 A군을 집단 폭행하였다. 이 과정에서 저항하던 A군이 휘두른 각목에 맞아 I군이 뇌진탕을 일으켜 잠시 의식을 잃었으나 곧 회복하였다. 또한 A군은 코뼈 골절, 전신 타박상, 찰과상 등을 입고 현재 입원 치료 중이다.

이 사건은 가해자 측이 국회의원이라는 지위를 이용하여 학교 측과 함께 사건을 은폐하고자 피해자를 가해자로 몰아 강제전학을 시키는 것으로 마무리될 뻔하였으나 목격자의 증언으로 전말이 드러났다. 또한 I군은 현장에서 30만 원을 절도한 것으로 확인되었다.

강아경은 어떻게 사건이 드러났는지 처음에는 짐작이 되지 않았지만 담임 정명수 선생님의 전화를 받고서야 상황 파악이 되었다. 전말이 이미 세상에 밝혀져 버렸기에 그는 사실대로 모든 것을 말할 수 있었다. 하일배 부모님이 용서를 구하며 서로 없던 일로 하자고 말할 때는 그저 침묵으로 일관했고, 같은 반 친구들이 찾아왔을 때는 모처럼 웃음을 보였다. 친구들은 신이라도 나는 듯 떠들어댔다.

"야 오늘 봤냐? 평소 일배 똘마니로 잘난 척하는 놈들 다 불려가서 조사받았잖아."

"그건 Y중 그 왕따 당한 여자애가 증언해서 그렇게 된 거래."

"난 실제로 봤어. 교무실에 갔다가."

"교복 벗고 치마 올리는 것?"

"그래. 봤다니까."

"쌤들은 쫄아서 암말도 못했다며?"

"걔가 울면서 강아경을 징계하지 말아달라고 교장에게 바로 돌직구 날렸다는 거 아니냐."

"완전 대박!"

친구들이 강아경을 툭툭 치면서 놀려댔다.

"야, 조심해. 코 건드리면 안 돼! 이거 비싼 거야!"

강아경도 익살을 떨었다. 그러나 마음속으로는 내내 심아경을 기다렸다. 하지만 퇴원하는 날이 다 되어가도록 그녀는 찾아오지 않았다. 퇴원하는 날 의사 선생님은 코뼈가 아직은 불안정하니까 절대로 격한 운동을 해서는 안 되며 부딪치거나 충격을 가하지 않도록 주의해야 하고 코를 세게 풀어서도 안 된다고 신신당부를 했다. 강아경은 웃으며 고개를 끄덕였다.

아빠가 퇴원 수속을 끝낸 후 강아경은 아빠 차를 타고 동네로 돌아왔다. 차는 근린공원을 지나 00아파트 2단지를 지났다. 심아경을 처음 보았던 그 아파트 동을 스쳐 지날 때는 창밖으로 위를 올려다보기도 했다.

집이 가까워졌다. 단지 내 풍경은 여전했다. 젊은 엄마들이 아이들 손을 잡고 가는 모습, 경비 아저씨가 어슬렁거리며 화단을 정비하는 모습, 중고생들이 교복을 입고 왁자지껄 돌아다니는 동네의 풍경은 하나도 달라진 것이 없었다. 하지만 그 모습 하나하나가 강아경은 마치 세상 구경을 처음 해보는 어린아이처럼 새롭게 느껴졌다. 많은 것이 달라져 있었다.

오랜만에 돌아온 방 안은 정갈하게 정리가 되어 있었다. 지난번 가출 때는 보름을 버텼으니 그 기록을 깨고 최소한 한 달은 버티겠노라 이를 악물었던 자기 모습이 떠올라 피식 웃음이 나오기도 했다.

그는 오랜 만에 책상 앞에 앉아 보았다. 열린 문틈으로 주방에서 엄마가 식사를 준비하는 소리가 들렸다. 싱크대의 물소리, 도마질 소리 그 모든 것이 평화롭고 정겨웠다. 그의 책상 전면에는 중학교 입학할 때 아빠가 선물로 사서 걸어준 세계지도가 보였다. 책꽂이에는 영어, 수학 등 학원 문제집들이 빼곡하게 꽂혀 있다. 그는 영어 문제집을 꺼내어 펼쳐보았다. 여기저기에 빽빽하게 여백도 없이 붙은 포스트잇과 형형색색의 밑줄, 중요 메모들이 그를 반갑게 맞이하는 듯했다.

—돌아온 거군. 나의 자리로. 내가 무엇을 위해 공부해야 하는지 아직도 잘 모르지만, 이제는 더 이상 도망 다니지 않을 거야. 지금 바로 여기, 이 자리에서 내 꿈을 찾아야지. 열다섯 살 나의 인생

은 소중하니까!

9월 11일. 출석정지 기간이 끝나고 강아경은 오랜만에 등교했다. 방학 중인 8월 15일 가출한 이후 처음으로 가보는 학교였다. 친구들이 폭죽을 터뜨리며 환영파티를 해주었다. 다른 반 애들조차 복도 창가로 몰려들어 환호성을 질렀다. 복도에서 마주치는 여자애들은 손가락으로 그를 가리키며 저마다 속닥거렸다.

강아경이다. 어머 진짜? 어디 봐. 귀엽게 생겼다. 여자친구 구하려고 일곱 명하고 싸웠다잖아!

강아경은 등 뒤에서 소곤대는 소리를 듣고는 멋쩍게 웃었다. 수업이 진행될 때마다 교과 선생님들이 강아경에게 반갑다는 인사를 건넸다. 담임 선생님은 강아경을 따로 교무실로 불러 말했다.

"하일배, 김영훈, 한지우, 이혁진은 강제전학 처리되었다. 너는 학교에서 봉사활동을 시키는 것으로 결정했단다. 오늘부터야. 할 수 있지?"

"그럼요."

"근데 쌤. Y중 애들은 어떻게 되었나요?"

"정대세, 주성민, 최성환, 박지수, 이은주, 유진희. 이 아이들도 강제전학 처리되었다."

"네."

강아경은 일단 조금은 안심이 되었다. 하지만 모든 위험이 다 사라진 것은 아니었다. 강제전학을 갔다고 해서 동네에서 마주치지 말란 법은 없으니까. 그래도 같은 학교에 있는 것보다는 훨씬 안전할 거라고, 또한 이번 조사 과정에서 심리적인 압박을 많이 받았을 테니 그들도 예전처럼 심아경을 함부로 대하지는 못할 거라고 애써 안심해보았다.

마음 한구석은 착잡했다. 여러 번 그녀에게 전화를 해보았지만 그녀의 전화번호는 없는 번호라고 나왔다. 집에 있는 동안에는 엄마가 항상 함께 있기 때문에 옥탑에 가볼 수도 없었다. 절대 안정해야 한다며 엄마는 외출을 하지 못하게 했기 때문이다. 그녀와의 끈이 완전히 끊어져버린 것 같아 불안했다. 봉사활동이 다 끝나면 옥탑 창고에 가보아야겠다고 마음먹었지만 그녀가 어떻게 생각할지 몰라서 선뜻 용기가 나지 않았다.

강아경은 방과 후 청소시간에 붉은 유니폼을 입고 집게를 들고 나섰다. 벌점을 많이 받는 등 징계 사유가 있을 때 입는 봉사활동 복이었다. 그는 자기의 행동에 대한 대가는 분명히 치러야 한다고 생각했다. 먼저 학교 건물 복도에 붙은 껌 같은 것을 떼어내고 운동장으로 나와 쓰레기들을 주웠다. 운동장에서는 농구를 하고 있는 친구들이 강아경을 향해 손을 흔들었다.

"강아경, 너 봉사 끝날 때까지 기다릴게!"

"강아경, 화이팅!"

"끝나고 같이 농구하자!"

물론 몸이 회복될 때까지 한동안 운동은 할 수 없지만 친구들은 계속해서 성화였다. 운동장에서는 초가을 햇살이 투명하게 빛나고 있었다. 친구들의 목소리도 햇살을 머금은 허공에서 함께 빛났다. 강아경도 친구들을 향해 집게를 든 채 손을 흔들어주었다.

"야, 이 몸은 코뼈 보호하느라 농구 못 하신다."

강아경은 친구들에게 큰소리를 친 후 집게를 들고 발걸음을 옮겨가면서 쓰레기를 주웠다. 모든 일이 쓰레기를 줍는 것처럼 단순하다면 얼마나 좋을까, 그는 생각했다. 심아경은 어떻게 되는 걸까? 앞으로 나는 엄마와 잘 지낼 수 있을까? 공부는 열심히 할 수 있을까? 진짜 나의 길은 어디에 있는 것일까? 이런저런 걱정들이 새어 들어오기도 했지만 분명한 게 하나 있었다. 더 이상 도망치려 하지는 않겠다는 것!

구름 한 점 없는 하늘이 끝도 없이 높아만 가는데, 끝도 없이 이어지는 생각에 그는 가슴이 먹먹해졌다.

2

　9월 11일. 심아경은 마지막으로 다니던 학교에 등교했다. 이제 학교에는 지수도, 대세도, 대세 친구도, 지수 친구들도 없었다. 마치 악몽을 꾸다 깨어난 듯 모든 상황이 생경스러울 뿐이었다. 시골로 전학을 가기 때문에 어차피 학교 폭력의 가해자와 피해자는 한 학교에 있지 않게 될 테지만 어떻게 하기를 원하느냐는 담임 선생님의 질문에 아빠는 그들을 강제전학을 시켜 달라고 했다.

　심아경은 도저히 끝날 수 없을 것 같은 긴 터널이 어쩌면 끝나가고 있는 건지도 모른다고 생각했다. 이렇게 터널이 끝날 수 있다는 것을 진즉에 알았더라면 조금은 덜 힘들었을지도 모르겠다. 그 긴 터널 한가운데서 만난 한 사람, 강아경을 생각하면서 그녀는 집으로 돌아왔다.

　집으로 돌아와 아빠는 이삿짐을 정리했다. 심아경이 밤새 정리해둔 옷과 소지품, 또 낡은 살림살이들 모두 용달차에 실렸다. 옥탑에 남아 있던 짐들도 모두 내려왔다.

　심아경은 옥탑으로 올라가 보았다. 아무것도 남아 있지 않은 텅 빈 옥탑 창고 바닥엔 먼지만 보였다. 하지만 눈을 감으면 빗소리, 강아경의 얼굴, 함께 불었던 생일 케이크 촛불 등이 바로 손에 잡힐 듯 선명하게 보였다. 눈을 뜨고 텅 빈 옥탑 창고를 다시 둘러보왔다. 아주 작은 부분까지도 기억해두고 싶었다. 문득 바닥을 보니 기다란 나뭇개비 같은 게 보였다. 주워서 보니 지난 생일 때 강아경이 초에 불을 붙이던 성냥개비였다. 심아경은 그 성냥개비를 조심스럽게 주머니에 넣고는 4층으로 내려왔다. 짐이 별로 없는 조촐한 살림살이였기에 금세 일이 끝나서 아빠는 벌써 텅 빈 집에서 빠뜨린 짐이 있나 둘러보고 있었다. 짐은 용달차로 내려 보내고 심아경은 기차를 타고 내려갈 터였다. 아빠가 서울역까지는 데려다주겠다고 했다.

"00역에서 내려서 다시 시외버스를 타고 들어가야 하는데 할 수 있겠지?"

어차피 혼자서 찾을 수 없는 길이라 해도 아빠가 데려다줄 것 같지는 않았다. 아빠는 지갑에서 돈을 꺼내 심아경에게 쥐어주었다.

"종종 연락하마."

자주 보러 오겠다는 뜻은 아닌 것 같았다.

"할머니 일을 많이 도와드려야 한다."

거동도 하지 못하는 할아버지, 그리고 나이가 들어 기력이 쇠해진 할머니와 함께 살아가는 일이 쉬워 보이지 않았다.

"학교는 시외버스를 타고 한 40분쯤 거리에 있더라. 마을 어귀로 10분쯤 걸어 나오면 정류장이 있어. 전학하는 첫날에는 할머니와 함께 가거라."

전학 절차를 할머니가 제대로 할 수 있을지 의문이었지만 어찌어찌 해서 학교는 다닐 수 있겠거니 생각하기로 했다. 얘기하는 동안에도 아빠의 휴대폰이 자꾸 울렸다. 그 아줌마임이 분명했다. 벨이 자꾸 울리자 아빠는 급하게 통화를 하더니 심아경에게 말했다.

"아경아, 일이 좀 생겨서 역까지 바래다주지 못할 것 같다. 너혼자 갈 수 있겠지?"

"네⋯⋯."

시골길도 혼자서 찾아가기로 되어 있는데, 서울역쯤은 쉽게 찾아갈 수 있으리라. 그렇게 생각하며 심아경은 무표정한 얼굴로 대답했다. 짐을 실은 용달차를 출발시킨 후 아빠도 자기 차에 올라 시동을 걸었다. 그리고 운전석에 앉은 채 심아경에게 말했다.

"아경아. 할머니 집에서 잘 지내라. 아빠가 아줌마와 살게 되면 자주 보지는 못하겠지만 할머니 집에서 사는 게 너한테도 좋을 거야. 나쁜 애들도 없고 말이야."

심아경은 고개를 끄덕일 수밖에 없었다. 그녀는 몇 년 전에 아빠 차를 타고 가본 시골길을 혼자서 찾아가는 일도 할 수 있고, 전학 가는 첫날 눈이 침침한 할머니를 보호자 삼아 혼자 학교 가는 일도 할 수 있고, 할머니를 도와 반신마비가 온 할아버지를 보살피는 일도 할 수 있는, 엄마 없이도 살 수 있고, 아빠 없이도 살 수 있는, 뭐든지 할 수 있는 그런 딸이었으니까 말이다.

아빠 차의 뒤꽁무니를 쳐다보고 있던 심아경은 아빠 차가 골목을 빠져나가는 것을 확인하고는 바로 큰길로 뛰었다. 그녀의 손에는 옥탑에서 주은 성냥개비 하나가 꼭 쥐어져 있었다. 어쩌면 너무 늦었는지도 모른다. 하지만 그를 보지 못한다면 그가 다니는 학교라도 마지막으로 또 가까이에서 보고 싶었다.

집 앞의 골목에서 큰길로 달려 나갔다. 얼마나 많은 날들, 아침마다 이 큰길 입구에서 학교로 이어진 길로 갈 것인가, 옥상이 있는 아파트단지 쪽으로 갈 것인가 고민했는지 모른다. 그러나 오늘만큼은 그런 고민 없이 단 한 가지 생각만을 하며 달렸다. 마지막으로 그를 한 번 보고 싶다는.

숨이 찼다. H중 교문이 먼발치에서 보였다. 대부분의 학생들이 하교를 한 시간이지만 남아 있는 몇몇 학생들의 모습이 눈에 띄었다. 심아경은 숨을 헐떡이며 멈춰 서서 교문 안을 바라보았다. 운동장 한쪽 구석에서는 몇몇 남자아이들이 신나게 농구를 하고 있었다. 그리고 한 남자애가 어슬렁어슬렁 거닐며 무언가를 줍고 있었다.

심아경은 교문 안으로 몇 발짝 걸어 들어갔다. 그리고 열심히 집게로 휴지를 줍고 있는 그에게 조용히 다가갔다. 그는 아무것도 모르고 콧노래를 흥얼거리며 집게질만 열심히 하고 있었다. 그런 그의 등 뒤에서 심아경은 빙그레 웃으며 이렇게 말했다.

"너 뭐 하냐?"

그가 깜짝 놀라 돌아보았다. 그리고 바로 심아경을 알아보고는 환하게 웃었다.

"아…… 심아경! 너, 구나……."

"오랜만이야."

그녀도 마주 보며 웃었다. 화창하게 갠 초가을의 푸른 하늘 아래서 그의 미소가 정말 환하다고 그녀는 생각했다. 그 미소를 만나지 못했더라면, 처음 만난 그때 그가 너 뭐 하냐고 물어주지 않았다면 어떻게 되었을까? 그녀는 문득 생각해보았다.

그녀가 그에게 먼저 물었다.

"다친 거는 이제 다 나았어?"

"응……. 너는 그동안 별일 없었어?"

별일 없었냐는 그의 질문이 고마워 그녀는 말없이 고개를 끄덕였다. 농구를 하던 친구들이 두 사람을 발견하고 우우~~ 하고 놀려댔다.

"강아경…… 나…… 전학 가. 마지막으로 너를 보려고 달려왔어."

그는 놀란 눈으로 그녀를 보았다. 어쩌면 오래도록 함께할 수 없으리라는 것을 서로 알고 있었는지도 모른다. 하지만 돌아서 가야 할 순간이 다가온다는 것은 언제나 당황스러운 일이었다.

"어디로?"

"할머니 집으로"

"거기 시골이잖아."

"응."

"언제?"

"오늘……."

"오늘?"

그는 더 놀란 눈으로 되묻더니, 이내 고개를 푹 숙이며 자기 발끝만 쳐다보았다. 그녀 역시 고개를 숙이고 강아경의 발끝을 함께 바라보았다. 누군가를 좋아하는 법을 배운 지도 얼마 되지 않았는데, 너무 빨리 닥친 이별은 또 어떻게 대처해야 하는지 그녀는 알 수 없었다. 하고 싶은 말은 너무 많아서 가슴이 터질 것 같은데, 정작 한마디라도 하려고 하면 입술은 굳어버린 듯했다.

그래도 지금이 아니면 영원히 말할 수 없을지도 몰랐다. 지금이 아니면 보여줄 수 없는 마음이 있었다. 시간은 오래 기다려주지 않으니까. 그래서 그를 나지막하게 불렀다.

"강아경……."

그는 응, 하고 아이처럼 대답하며 발끝만을 뚫어져라 쳐다보았다. 심아경이 천천히 말을 이었다.

"나……."

"응."

"네가……"

"응……"

"네가 있어줘서, 나 혼자가 아니어서, 그 시간들을 견딜 수가 있었어."

그녀의 말에 발끝만 보던 그가 문득 고개를 들더니 하늘을 보았다. 어쩌면 눈이 빨개졌는지도 모른다. 심아경은 남자애가 우냐고 놀리는 대신, 나지막하게 준비한 말을 이어갔다.

"네가 손 내밀어주고, 내 이야기를 들어주고, 같이 아파해주고, 같이 걱정해주어서, 그런 사람이 내게 있다는 그것만으로도, 살아갈 힘이 되었어. 고…… 고마워."

그녀의 말이 이어지자 그는 다시 고개를 숙이고 자기 발끝을 쳐다보았다.

"그…… 그리고 그날 공사장에서 나 혼자 도망가서 정말 미안해."

그 말을 할 때는 그녀 또한 울먹일 수밖에 없었다.

그제야 그가 입을 열었다.

"난 후회 안 해!"

"……"

"너 도와주러 뛰어간 것도 싸운 것도 다친 것도 단 한 순간도 후회 안 해. 다시 그때로 돌아간다고 해도, 난 또 그렇게 할 거야!"

둘은 잠시 말이 없었다. 농구를 하던 친구들도 더 이상 장난을 걸지 않고 슬그머니 벤치에 앉아 조용히 이쪽을 보고 있을 뿐이었다. 그녀는 그에게 손을 내밀어 악수를 청했다. 그는 잠시 머뭇거렸다. 손을 내밀어 마주 잡으면 곧 이별이 올 것 같아서, 시간이 멈추기를 바라는 사람처럼, 아니 조금이라도 시간을 잡아두고 싶은 사람처럼 잠시 머뭇거렸다. 그러나 결국 그는 손을 내밀어 그녀의 손을 마주 잡았다. 그리고 그는 손에 힘을 주었다. 잠시 후 그녀는 미소 지으며 손을 빼내었다.

"갈게. 막차를 놓치면 안 되거든."

막차를 놓치면 밤에 잘 데도 없었다. 그녀가 살던 곳에는 이미 다른 사람들이 이삿짐을 풀고 있을 테고 아빠와 아줌마의 집은 어디에 있는지도 모른다. 무조건 막차를 타고 할머니 집으로 가야 했다. 거기 가서 살아야 했다. 그곳에서의 삶이 어떤 것인지는 잘 모르지만 무조건 그곳에 가서 그곳에 뿌리를 내리고 그 시간들을 받아들여야 했다.

"지금 바로 가야 하는 거야⋯⋯?"

그가 아쉬워하며 물었다.

"으응⋯⋯."

그녀도 쉽게 발걸음을 떼지 못했다. 무언가 한마디라도 더 하고 싶었다. 몇 초만이라도 더 함께 있고 싶었다. 하지만 그녀는 다시 말해야 했다.

"나…… 진짜 갈게."

"……"

그녀는 가려다 말고 강아경에게 물었다.

"연락해도 될까?"

그녀가 이렇게 묻자 강아경은 갑자기 반색을 하며 말했다.

"무, 물론이야."

"알았어."

심아경이 볼을 붉히며 대답했다. 그러자 강아경은 갑자기 무언가 생각난 듯 다급하게 설명했다.

"근데 나 그날 휴대폰이 부서졌어. 곧 다시 휴대폰 살 거야. 번호 안 바꿔 절대. 그…… 그니까 연락해. 알았지?"

"그래."

"꼭 연락해야 해."

"꼭 할게."

"약속하지?"

"응. 약속해."

그녀는 빙그레 미소 지으며 새끼손가락을 내밀었다. 우리 또 손가락 걸까? 심아경이 이렇게 말을 건네자 그가 두툼한 새끼손가락을 내밀었다. 잠시 두 손가락은 하나가 되었다. 그리고 그녀는 갈 게, 하고 말하며 돌아섰다. 그와 함께 머문 시간이 너무 짧았다. 그 래서 더 소중한지도 몰랐다. 가야 해, 라고 자신을 다독이며 발을 떼는 순간 뒤에서 그가 조금 큰 소리로 말했다.

"심아경! 나 너를 만나지 않았다면 아직까지도 불평불만에 가 득 찬 어린애에 불과했을 거야. 네가…… 내 마음을 들여다볼 수 있게 해주었어. 나도…… 고……마워……!"

그녀는 등을 보이고 선 채 고개를 끄덕일 뿐이었다. 그는 그녀 의 작은 등에 대고 말을 이었다.

"심아경. 아무리 힘든 일이 있어도 상처 주는 사람 있어도 상처 에게 지면 안 돼. 옥상 같은 데 가면 안 돼! 알지? 그럴 거지?"

그녀는 또 고개를 끄덕이며 가슴으로 되뇌었다.

— 너도야, 강아경. 너도 힘든 일이 있어도 상처 받는 일 있어도 절대로 망가지지 말고. 너 자신을 사랑해야 해. 우린 소중하니까.

"잘 가!"

강아경의 마지막 목소리를 가슴에 새기며 그녀는 뛰기 시작했 다. 구름 한 점 없는 하늘이 끝도 없이 높아만 가는데 가슴이 먹먹 해졌다.

새롭게 다가오는 시간은 어떤 모습일까? 살아보지 않은 시간들이 두려웠다. 하지만 더 이상 도망만 다닐 수는 없었다. 옥상 따위를 꿈꿀 수는 없었다. 새롭게 마주할 세상은 어떤 모습일까? 지수도 대세도 거기엔 없으리라. 하지만 그곳에는 강아경도 없는 게 분명했다. 함께할 사람이 없어서 더 두려웠다.

그녀는 손에 쥐고 있는 성냥개비를 더욱 꼭 쥐면서 외쳤다.

─그곳엔 나, 심.아.경이 있어! 그걸로 충분해!

내 나이 마흔 줄의 중반. 풋풋한 젊음이 제일 부럽다. 그러나 그 모든 젊음을 다시 되찾는다 해도 청소년 시절로 돌아가고 싶지는 않다. 나의 청소년 시절은 상처의 연속이었다. 상처는 나를 우울하게 하고 염세적으로 만들고 마땅히 집중해야 할 학교생활에 대해 저항적으로 만들었다. 성적은 떨어졌고, 때로는 죽음을 생각하며 어설픈 용량의 수면제를 먹어보기도 했다. 내게 상처 준 사람들 혹은 나를 둘러싼 환경을 미워했다. 긴 방황과 혼란의 강을 허우적대며 겨우 건넜다. 그래도 나는 운이 좋은 편이었는지 인생에 대한 애착을 놓지 않고 방황을 발판삼아 다시 시작할 수 있었다.

이제 나의 아이들이 예전의 내 나이가 되었다. 겉으로는 해맑은 아이들이지만 속으로는 아픔이 있을 것이다. 그렇게 태양처럼 이글거리는 시기를 살아내고 있으리라. 성적이라는 유일한 바로미터로 측정 당하는 사회 속에서 그들의 영혼은 알게 모르게 상처받고 있을 것을 생각하면 때론 두렵고 떨리는 마음이 든다. 혹시 우리 기성세대가 그들을 광야로 내몰고 있는 것은 아닐까? 어른들이 광야로 내몰아놓고, 내몰린 아이들을 눈 하나 달린 아이들로 낙인찍고 있는 것은 아닐까?

이 책에는 소위 기성세대가 말하는 제대로 된 아이는 한 명도 없다. 오히려 기성세대의 시각으로 본다면 조금씩 모가 나고 불안정하고 모자란 학생들이다. 그러나 어른들이 보기에 삐뚤어지고 모자라다고 해서 그들에게 그들만의 아픔과 생각이 없는 것은 아니다. '범생이'라고 해서 꼭 인성이 올바른 것도 아니고 공부에 흥미가 없다고 해서 실패한 인생을 살게 되는 것도 아니다. 오히려 더 크게 성공한 사람도 많다. 어른들의 잣대로 아이들의 인생을 단정 짓지 말아야 한다. 아이들은 단지 어른들이 만들어놓은 모순의 정글에서 성장통을 겪고 있을 뿐이다.

언제부터인가 기성세대는 우리의 자식들이 공부하는 학생이기 이전에 '한 인간'이라는 사실을 잊고 있다. 집에서 기르는 강아지나 화분처럼 엄마, 아빠나 선생님의 스타일대로 조종할 수 있는 대상으로 알고 있다. 그러나 아이들도 한 인간이다. 그들에게는 그들 나이만큼의 인생이, 고민과 아픔이 있다.

이 책에서는 청소년을 훈계의 대상으로만 여기는, 어린 영혼을 제대로 가르칠 만한 배려나 깊은 사랑, 최소한의 관계의 기술조차 갖추지 못한 미성숙한 어른들 밑에서 버둥거리고 있는 열다섯 살의 인생을 그렸다. 성숙하지 못한 어른이 더 성숙하지 못한 아이들을 길러야 하는 이 어려운 현실 속에서 어른들도 아이들도 아프다.

누구나 사적인 경험을 통해 자기만의 세상을 보는 눈을 갖게 된다. 세상을 이해하는 마음의 틀, 즉 자기만의 스키마(schema)를 갖게 되는 것이다. 부정적인 경험을 축적한 사람은 세상을 부정적으로 바라보게 되고 긍정적인 경험을 축적한 사람은 세상을 긍정적으로 바라보게 된다. 굳어지게 되는 것이다. 청소년기는 모든 것이 아직 미완의 상태이기 때문에 그들의 소울 스키마는 아직 말랑말랑하고 유연하다. 어떤 경험을 거치고 어떻게 마음의 틀을 만들어가느냐에 따라 긍정적인 가능성도 무한하고 부정적인 가능성도 무한하다. 그들의 말랑말랑한 소울 스키마가 상처로 인해 굳어지고 부정적인 에너지로 가득 차게 되지 않기를 기도한다. 그것은 그들 본인의 몫이자 그들과 함께하고 있는 어른들 모두가 함께 해나가야 할 몫일 것이다.

살아가는 동안 상처를 받지 않을 수는 없다. 살아간다는 것은 상처의 연속이기 때문에. 그러나 그 상처를 어떻게 바라보고 어떻게 반응하느냐 하는 것은 나 스스로 선택할 수 있다. 상처는 그 상처 하나로만 아파하면 된다. 그 상처 때문에 미움을 키우거나 자신을 학대하고, 때로는 자기 앞의 인생을 엉망으로 만들어버린다면 그건 너무 억울한 일이다. 그건 나를 두 번 상처 주는 일이다.

　과거의 나처럼 힘겨운 청소년기를 보내는 아이들에게 전하고 싶었다.

　"상처는 상처일 뿐이야. 상처 때문에 네 인생을 막 대하지는 마. 상처받은 것도 슬픈데, 그것 때문에 자기 인생까지 놓아버린다면 그건 정말 억울하잖아. 네 인생만큼은 사랑해줘."

　자신의 청소년 시절의 방황과 소위 일진 아이들과의 경험에 대해 오랜 기간 인터뷰에 응해주신 이석환 님, 청소년 사역의 경험을 바탕으로 조언을 아끼지 않으신 이주환 목사님, 일상 속에서 무한한 영감을 주는 우리 아들 현우와 선우, 그리고 우리 집에 드나들며 자신들의 사춘기를 간접적으로 보여준 아들의 친구들이자 이 땅의 평범한 청소년인 현준, 성욱, 영찬, 현재, 민석, 현수, 완석, 형구, 찬규… 등에게도 애정과 감사의 마음을 전한다. 마지막으로 좋은 책이 나올 수 있도록 끝까지 힘써 준 자음과모음 출판사의 편집부에게도 감사드린다.

이 글을 읽는 청소년들에게 자기 앞의 생을 향해, 한번 살아보겠다는 의욕을 조금이나마 느끼게 하는 작은 기회가 되기를 희망한다.

2014년 여름 박은몽

말랑말랑 소울 스키마

© 박은몽, 2014

초판 1쇄 인쇄일 | 2014년 6월 23일
초판 1쇄 발행일 | 2014년 7월 7일

지은이 | 박은몽
펴낸이 | 황광수
편 집 | 사태희 이새봄
마케팅 | 박제연 전연교

펴낸곳 | (주)자음과모음
출판등록 | 2001년 11월 28일 제313-2001-259호
주 소 | 121-840 서울시 마포구 서교동 396-33
전 화 | 편집부 (02)324-2347, 경영지원부 (02)325-6047
팩 스 | 편집부 (02)324-2348, 경영지원부 (02)2654-7696
E-mail | jamoteen@jamobook.com
Home page | www.jamo21.net

ISBN 978-89-3088-3(43810)

이 도서의 국립중앙도서관 출판시도서목록(CIP)은 서지정보유통지원시스템 홈페이지
(http://seoji.nl.go.kr)와 국가자료공동목록시스템(http://www.nl.go.kr/kolisnet)에서 이용하실 수 있습니다.
(CIP제어번호: CIP2014018450)